NOUVELLE THÉORIE

DE

L'UNIVERS,

POËME DIDACTIQUE

EN DOUZE CHAPITRES,

AVEC DES NOTES EXPLICATIVES;

Par Joseph Auburtin, de Sainte-Barbe,

Ancien Capitaine-Quartier-Maître.

A PARIS,

CHEZ GARNIER, LIBRAIRE,

Rue Saint-Honoré, 335,

ET CHEZ TOUS LES LIBRAIRES DE LA CAPITALE.

1842.

NOUVELLE

THÉORIE

DE

L'UNIVERS.

Imprimerie de KLEFER, Place d'Armes, 17, à Versailles.

NOUVELLE

THÉORIE

DE

L'UNIVERS,

POËME DIDACTIQUE

EN DOUZE CHAPITRES,

AVEC DES NOTES EXPLICATIVES;

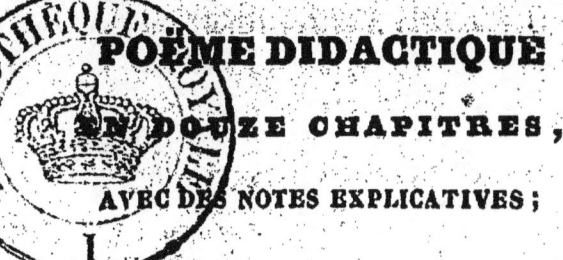

Par Joseph Auburtin, de Sainte-Barbe,

Ancien Capitaine-Quartier-Maître.

A PARIS,

CHEZ GARNIER, LIBRAIRE,

Rue Saint-Honoré, 335,

ET CHEZ TOUS LES LIBRAIRES DE LA CAPITALE.

1842.

INTRODUCTION.

———

La méthode que j'ai suivie pour rendre compte des mouvements des astres et des phénomènes de la nature, si diversement décrits par les philosophes astronomes, tant anciens que modernes, est celle que l'illustre Cuvier a adoptée dans ses œuvres de zoologie (1).

C'est en remontant, comme ce savant, des effets aux causes, ou des faits aux principes, et sans recourir aux figures algébriques, que je suis parvenu à établir les preuves des propositions contenues dans ce volume, à savoir :

1° Que le soleil n'est pas fixe;

2° Que la terre est immobile;

3° Que les lois incompréhensibles d'attraction et de répulsion, inventées par Newton, et propagées par ses disciples, ne peuvent pas exister, parce qu'elles seraient destructives de l'univers, qu'elles auraient mission de conserver dans l'ordre

———

(1) La Synthèse.

1

où le Créateur de toute chose l'a placé, et qu'en outre, elles pèchent contre la logique ; car on ne saurait pas plus attirer et repousser à la fois qu'exciter et calmer en même temps ;

4° Que l'astre du jour est loin d'être aussi gros que la terre ; qu'il n'en est distant que de 15 à 16,000 lieues, tout au plus ;

5° Qu'il est de toute impossibilité physique qu'il soit relégué dans le vide, d'où sa lumière ne nous parviendrait pas, attendu que, pour arriver à la terre, il faut à cette lumière, comme à l'électricité, des fils conducteurs qui ne se trouvent pas dans le vide ;

6° Que pour alimenter le soleil dans l'immensité du néant où on l'a merveilleusement parqué, il y a nécessité absolue que les gaz nutritifs de ses feux, qui finiraient tôt ou tard par s'éteindre, faute de provision renouvelée, traversent ce vide ; ce qui alors le rendrait plein, contrairement au système caduc de Galilée, qui nie le plein, dans lequel, selon cet astronome, le mouvement des planètes serait inexécutable ;

7° Que la vue télescopique ne peut s'étendre

au-delà de l'espace firmamental, parce qu'il lui faut aussi des agents directeurs pour pénétrer dans le vide et parvenir au soleil ;

8° Que cet astre, pour brûler, a besoin d'air, qui lui est nécessaire pour soutenir son ignition, et que, sans cet air, qui lui ferait infailliblement défaut à la distance énorme de 36,000,000 de lieues de la terre, ce corps incandescent s'évanouirait comme la flamme d'une chandelle qui en est privée, comme le cœur humain cesse de battre lorsqu'il en manque ;

9° Qu'il ne peut pas être un million de fois plus volumineux que le globe terrestre, par plusieurs raisons, la première, à cause de sa chaleur immense, qui est le critérium de sa petitesse, comparée à la masse solide et compacte de la terre ; la seconde, parce qu'il en résulterait que les rayons dardés par lui, dépassant de toutes parts de 498,500 lieues les limites de la terre, et éclairant alors le dessous du globe jusqu'à un point peu éloigné de la ligne centrale perpendiculaire, rendrait les nuits très-courtes, et le cône d'ombre peu marqué à l'endroit où le spectateur, placé à quelques degrés au-dessus des plus hautes montagnes, n'apercevrait plus le disque solaire; ce qui est confirmé par Herschell dans son *Traité d'Astronomie*, articles 355 et 356, où considérant les éclipses d'une manière générale, en tant qu'elles proviennent de l'ombre que projette sur un corps un autre corps plus gros que lui, cet astronome déclare, conformément à ma théorie, qu'il ne peut y avoir d'éclipse totale du soleil pour aucune plage de la terre; mais seulement des éclipses annullaires, quand le disque entier de la lune est vu sur cet astre, qui le déborde de tous côtés. *Quid etiam;* qu'au lieu de la lune ce soit la terre qui figure sur la face du soleil! Évidemment elle serait débordée de tout le diamètre de l'astre étincelant, moins la partie du foyer solaire qu'elle occulterait, et qui ne serait que de 3,000 lieues? ceci paraît sans réplique.

Ainsi, à quelque distance énorme de la terre qu'on mette le soleil, gros comme on le prétend, on ne parviendrait pas à faire que ses rayons divergents ne couvrissent les sept huitièmes du globe en toutes les saisons de l'année, et, par con-

séquent, ne rendissent les nuits peu obscures,
et les éclipses de lune absolument nulles, si ce
n'est impossibles, ce satellite ne pouvant jamais
être physiquement occulté par la terre, à la distance où on l'a placé, de 80,000 lieues du globe;

10° Qu'il est impossible que la terre tourne,
avance et recule sur ses deux axes dans un orbe
elliptique, attendu que, pour cet effet, il faudrait,
qu'à partir du centre à la circonférence, elle y
posât toujours en parfait équilibre, comme une
grande roue de forge sur son arbre de rotation;
ce qui n'est pas, vu le transport de l'une à l'autre
hémisphère de la matière grave, telles que les
eaux des fleuves et des rivières, qui, par leur déplacement, tendent à déranger ou rompre cet
équilibre, et, conséquemment, à rendre le mouvement de rotation diurne impossible;

11° Que les planètes ne sont réellement que
des corps creux, dont l'enveloppe, reflétant la
lumière solaire, est empreinte de diverses couleurs, ayant chacune leur structure propre, et,
dans un cas, compliquée ou multiforme. Leurs
flancs sont remplis d'une matière extrêmement

ténue, semblables, en quelque sorte, à des ballons; elles voguent au firmament avec ou sans
satellites, emportées, comme la lune et les étoiles,
dans le mouvement général et régulier imprimé à
la matière firmamentale par la circulation réglée
du soleil autour du globe, au plan de l'écliptique;

12° Que le flux et le reflux de la mer proviennent de l'absorption des eaux, faite par la chaleur solaire au centre des régions équinoxiales
d'orient en occident, et sur une largeur de 90 degrés en latitude nord et sud plus ou moins, et
non des prétendues attractions du soleil et de la
lune, qui, si elles existaient, rendraient les marées nulles;

13° Que les livres, traitant de la pluralité des
mondes, ne sont que des romans, où le vrai et le
faux sont confondus pêle-mêle; où l'hypothèse est
à côté du certain, et la fantasmagorie des chimères partout.

J'ajouterai maintenant à ce qui précède, touchant l'immobilité de la terre, que s'il doit exister dans l'univers un corps solide qui puisse être
regardé comme le point central placé dans l'im-

mensité du vide ; le globe terrestre, par sa pesanteur et sa compacité, et attendu que toutes les matières mobiles et inertes qui le recouvrent, posées sur son centre de gravité, le globe est visiblement ce corps, et, par conséquent, la pierre angulaire, la base inébranlable affectée à la constitution physique du monde entier.

J'analyserai ici en peu de mots cette proposition.

Il est un fait providentiel et hors de toute controverse, parce qu'il est palpable et saute aux yeux de tout le monde, c'est que la terre renvoie, par échange, en même quantité sinon en poids, la matière qu'elle reçoit du soleil, transformée en rayonnement de chaleur : cette chaleur, en s'inoculant dans tous les corps qu'elle pénètre avec plus ou moins de promptitude, sépare, dilate et détache les parcelles ignées qui n'ont pas eu d'accès dans les êtres animés et plantes vivaces, qui pullulent et croissent à la surface du globe, et au fond des eaux. En s'évaporant des croûtes de la terre et du calice des fleurs, des débris ou détritus de végétaux, des cadavres tombés en putréfaction, et même des animaux, où elle surabonde en fumets, cette matière se forme en veines de gaz qui s'élèvent en replis tortueux, jusqu'à la région de l'orbite solaire, où, s'élargissant, elles déposent leurs charges, comme un fleuve verse ses eaux dans le vaste bassin des mers, après avoir parcouru les vallons et les plaines qu'il a fertilisés.

Ces veines de fluides électriques, avant de se jeter ainsi dans l'orbe solaire, où elles forment un océan de gaz calorifiques, se croisent, en leur ascension, poussées çà et là hors de leur ligne verticale par les vents qui les roulent et les emportent; elles crèvent et se déchirent avec éclat à quelques lieues de terre, quand l'air agité, en sens contraire, et se heurtant, les rompt violemment, ou lorsqu'un épais nuage les refoule vers le sol. De là les coups de tonnerre qui suivent la rupture de l'artère, remplie de fluide. Si la foudre ne descend pas jusqu'à terre, et ne vient pas frapper quelques édifices, c'est alors parce que la veine s'étant rompue à ses angles aigus, il y a eu solution de continuité du fluide électrique embrasé, et interposition immédiate des matières impropres à la combustion soudaine. Enfin, lorsque les gaz sont parvenus à la hauteur des voies firmamentales qu'ils doivent atteindre, ils s'épanchent, entrent dans l'orbe céleste qui leur est assigné, en raison de leur légèreté, et vont remplacer la portion du même fluide que la flamme solaire, en roulant sur elle-même, a dévoré, ou plutôt, pour parler plus exactement, la portion du même fluide qui s'est métamorphosée en lumière tourbillonnante et marchant aussi vite que le feu qui prend à une traînée de poudre.

Rien n'est plus concevable que ces colonnes de gaz émanées de la matière élastique, qui, plus lourde qu'eux, les contraint de monter à l'empyrée, et dont la transformation en feu, bouillonnant sur son centre, produit ce rond point de flamme blanche, dont les rayons nous échauffent en nous éclairant, et déterminent tous les mouvements qu'on remarque à la surface de la terre, des mers et dans les cieux.

Quant à la quantité de fluide embrasé, les déductions logiques de principe d'ordre posé, enseignent que cette quantité doit être égale à celle extraite de toutes les parties de l'univers maté-

1.

riel, par l'action de la chaleur solaire ; ce fluide, d'abord dense, à sa sortie de terre, se dilate en s'élevant, et se purifie ensuite de toutes les substances aqueuses et oxygénées lorsqu'il approche de l'atmosphère rosée du soleil, où il sera un jour et à son tour consumé, après son entrée sur la ligne que l'astre parcourt. L'atmosphère rosée du soleil n'est autre que les gaz passés à l'état voisin d'ignition, qui prennent une teinte purpurine à mesure qu'ils se rapprochent de cet astre.

Ainsi, la masse ascendante des fluides calorifiques, parvenant au lit du soleil, est égale à celle des rayons divergents de cet astre qui arrivent à la terre et aux mers, réduits à leur plus petite expression, c'est-à-dire, en lames miroitantes, portées au dernier degré de l'atomisme, ayant une chaleur et une lumière suffisantes pour éclairer et échauffer le globe sans le griller.

La résultante de cette proposition sera donc que le soleil se nourrit des gaz calorifiques exhalés de la terre et des mers, qui lui parviennent à une certaine élévation des voies firmamentales. Quelle est cette hauteur ? je présume qu'elle est de cinq fois le diamètre de la terre, ou de 15 à 16,000 lieues plus ou moins. (*Voir* le chapitre du Soleil.)

Encore un mot sur cet astre : si les raisons que j'ai données au commencement de cette Préface, touchant sa constitution physique, n'ont pas été suffisantes pour convaincre mon lecteur de la fausseté du volume colossal de ce foyer de feu, je vais lui en fournir surabondamment une dernière, non moins décisive que les autres, tirée des calculs contradictoires des mathématiciens, qui se sont évertués à le faire dix mille fois plus considérable que la terre. Leurs chiffres, que j'admettrai ici pour exacts, portent le diamètre de la terre à 3,000 lieues, et sa circonférence à 360 degrés ou 9,000 lieues. Le soleil étant, selon eux, un million de fois plus volumineux que le globe terrestre, on pensera sans doute que le diamètre de l'astre radieux doit être alors de 3 milliards de lieues et sa circonférence de 9 milliards 500 millions à peu près : cela, acquis en certitude, j'ouvre le *Traité d'Astronomie d'Herschell*, et je m'arrête à l'article 306, page 225, où je lis ces mots : « Les » astronomes ont constaté que le soleil tournait

» autour d'un axe incliné constamment de 82° 40'
» sur le plan de l'écliptique, dans une période de
» 25 jours, et dans le sens de la rotation diurne de
» la terre, c'est-à-dire de l'est à l'ouest. »

Je calcule ce mouvement du soleil sur lui-même, et, chose incompréhensible pour tout penseur sensé, autre qu'un mathématicien, je découvre que la vitesse de rotation excentrique de ce globe prodigieux, serait de 4,398 lieues par seconde. Je le demande, est-ce possible ? Non, mille fois non, attendu qu'il n'existe pas d'exemple de corps matériel, quelle que soit la force d'impulsion transmise et communiquée à ses ressorts obéissants (1), qui puisse produire un pareil résultat.

En vérité, quand on commente à fond les travaux scientifiques de la philosophie railleuse, vaniloquente et dissolue du xviiie siècle, on est tenté de s'écrier qu'elle s'est permise une mystification indigne de la haute mission à laquelle elle sem-

(1) La lumière, qui est la plus véloce de toutes les matières subtiles avec l'électricité, ne fait que 70,000 lieues par seconde. Qu'on juge après cela de la rectitude des données astronomiques passées en dogmes de foi !!!

blait être appelée ; qu'elle s'est moquée des peuples
lorsqu'elle leur a fait l'histoire de ses voyages ro-
manesques dans la lune, et de ses excursions fantastiques dans le pays des chimères ; et quand, à
propos de la réforme du système probable, quoique
peu raisonnée de Ptolomée, elle a imaginé de plan-
ter le soleil dans le vide, et d'écrire que les planètes étaient des mondes habités, dont la plupart
seraient de quatre à cinq fois plus considérables
que notre globe, ou bien qu'elle était impuissante
à traiter du jeu de la mécanique céleste.

O sublime Newton ! et vous Copernic, Kepler
et Galilée, d'Alembert, Fontenelle, Voltaire et autres philosophes, *ejusdem doctrinæ*, tant prônés,
tant admirés ! qui, en votre temps, disposiez de
tous les échos de la renommée, et faisiez réson-
ner ses deux trompettes à votre guise ; qui
à l'instar *des médecins* de Molière, vous vous
passiez alternativement la *rhubarbe* et le *séné*,
comme les trissotins-cumulards (1) de notre ère de

_____

(1) Il y a des hommes qui ne se font pas scrupule de cumu-
ler, sans peine, les traitements affectés à cinq ou six spécia-

lumière le font encore à leur profit ; ce n'est pas
vous faire injure que de vous appliquer ce que
l'un de vous, le patriarche de Ferney, a dit du
divin Platon : « On a peur que vous n'ayez conté
» que des fables dans tout ce qu'il vous a plu
» d'annoncer aux nations pour des vérités mathé-
» matiques, et que vous n'ayez été un tant soit
» peu charlatans. »

Et qu'on n'aille pas penser qu'injuste envers
vous, et envieux de la gloire que vous vous êtes
acquise à beaucoup de titres, même par l'excès
de vos sophismes en plus d'un genre de littérature, je me pose, sans motifs, en adversaire rigoureux de vos systèmes usés, passés à l'état de
croyance générale, selon le dire de vos adeptes.

---

lités de la science (comme s'ils étaient les seuls qui les possé-
dassent), à l'exclusion des savants aussi capables qu'eux, et
qui végètent dans l'obscurité, faute de moyens de se produire.
Ceci s'adresse à M. le baron Dupin, pair de France, qui est
assez riche pour se défaire de quelques-unes de ses places en
faveur de ses rivaux nécessiteux.

(*Note de l'Éditeur.*)

Vous m'avez fait ce que je suis, votre émule,
sans prétention au génie qui vous a distingué.
Je vous vénère, et rends hommage à vos mérites :
je vous dois aussi la vérité. Que vos cendres n'en
soient point émues! Excepté vos erreurs matérielles et vos spéculations hasardées que j'ai cru
de mon devoir de signaler au libre contrôle de la
science humanitaire, j'ai adopté toutes vos idées
classiques sur les causes du mouvement de la matière, qui m'ont paru probables et avouées par le
bon sens, c'est-à-dire vraies.

Il nous faut parler vrai pour être bien compris,
Et l'on n'est éloquent, ni disert qu'à ce prix.
Sans le vrai, quel que soit le sublime du style,
On ne peut que bâtir sur un terrain mobile,
Et livrer ce qu'on crée à la merci du temps,
Dont la faulx ne fait grâce et quartier qu'au bon sens.

Ainsi, mû par une voix intérieure qui m'a crié
qu'une grande rectification était à faire dans les
tableaux panoramiques de l'univers, et guidé par
le sentiment de nationalité à laquelle j'ai consacré tous les instants de ma vie civile et militaire,

j'ai composé cette œuvre, que je livre à l'appréciation des hommes instruits et consciencieux. Je lui ai donné la forme d'un poëme didactique, comme Virgile à ses *Géorgiques*, avec des notes explicatives, ayant eu soin d'élaguer du rhythme harmonique les superfluités de broderies luxueuses, dont le nombre nuit souvent à l'éclat naturel des pensées, et rend parfois le vrai invraisemblable ; ce qui arrive quand un auteur court le merveilleux, fait à tort et à travers de l'amplification, et met les mots à la place des choses.

AUBURTIN (DE Ste-BARBE),
Ancien Capitaine Quartier-Maître.

CHAPITRE PREMIER,

CONTENANT

L'INTRODUCTION DU POËME, LA CAUSE ET L'ORIGINE DES VENTS.

NOUVELLE

THÉORIE DE L'UNIVERS.

———

Supposons un moment que l'espace infini
Qu'on voit entre la terre et le ciel soit garni,
Et que jusqu'au cordon des célestes frontières,
Selon leur pesanteur s'élèvent les matières.
L'esprit, partant de là, sans tomber sous l'effort,
Avec facilité comprendra le ressort
Qui fait monter, descendre, arrête ou qui déplace
Tous les corps lumineux voguant dans cet espace.

De la terre, d'abord, adoptons le noyau,
Pour premier fondement du système nouveau,
Et, sans avoir recours à des formules vaines,
Cherchons à l'établir par des thèses certaines.

On sait ce qu'a prouvé l'algèbre de Newton,
Et ce que Copernic, Galilée et Buffon,
Descartes et Ticho, savants que je révère,
Ont écrit, avancé, fourni sur la matière.

Nous ne les suivrons point dans la foule d'erreurs
Dont sont environnés leurs pas explorateurs ;
Nous tâcherons de rendre un peu plus perceptible
L'Univers qu'ils ont fait au peuple inaccessible (1),
D'expliquer ce qui peut se juger par les yeux,
Quelle puissance agit dans la terre et les cieux,
Et règle leurs rapports inconnus du vulgaire...

Commençons l'examen : le centre de la terre (2)
Est le point sur lequel posent en sédiment
Les corps lourds descendus jadis du firmament (3);
Séparés à distance, ils étaient dans l'espace,
Et peut-être étaient-ils enlacés par la glace,
Fille de l'élément funeste et destructeur,
Dont la force est égale au rayon créateur,
Quand ce dernier, lancé du foyer de lumière,
Se transforme en acide aux pôles de la terre (4).

Oui, ces milliers de corps, par le froid congelés,
Dans le vide immobile étaient entre-mêlés,
Comme on voit de l'oiseau le sang, la chair en germe,
Confondus dans l'étui de l'œuf qui les renferme.

Ainsi, le feu, sortant tout-à-coup de leur sein,
Leur imprima, d'abord, un tremblement soudain,

Et par degré rompit leur bloc hétérogène.
Chaque élément alors, délivré de sa chaîne,
Sur le noyau central courut s'agglomérer :
L'eau tenue en dehors ne peut y pénétrer ;
Mais prolongeant sans fin sa liquide surface,
En tangente courbée, elle vint prendre place,
Autour du corps terrestre, en squelette sculpté,
Se dirigeant vers l'une ou l'autre extrémité,
Des points creux et légers de la circonférence,
Pour former l'équilibre et tenir la balance.

Sur la masse des eaux et la cime des monts,
L'air, plus actif, s'élève et voltige par bonds,
Frappé par l'élément, dont la force invincible
Fomente la tempête et son souffle terrible.

Au-dessus de cet air et moins lourd que le vent,
L'éther, plus dilaté, s'élève au firmament,
Et, dans un cintre bleu déployant sa parure,
Etale à l'œil ravi son immense ceinture.

Qui me dira quel corps, à l'éther étranger,
Plane encore au-dessus, plus mobile et léger,
Et, toujours pondérant le centre de la terre,
Etend à l'infini sa couche circulaire ?

Qu'il paraisse cet homme inspiré par les cieux ;
Qu'il vienne nous ouvrir la demeure des dieux !
Je tiendrai ce mortel pour le plus beau génie
Que la terre ait produit à la cour d'Uranie ;
Et, d'un hommage pur lui rendant le tribut,
Je le proclamerai digne de l'Institut.

Mais quel esprit profond pourra jamais décrire
La matière existante au-delà de l'empire
Où paraissent les feux du foyer sans pareil,
Vulgairement connu sous le nom de soleil ?

En vain pour la connaître un Buffon s'évertue,
L'imagination d'un Arago se tue
Pour savoir ce que sont tous ces points radieux,
Vus au-dessus de l'astre étincelant des cieux.

Essayons de résoudre un si riche problème,
Et de faire approcher du vrai notre système.

Disons que la matière au-dessus du soleil,
Se liant à l'azote et formant l'appareil
Des rayons de chaleur qui tombent sur la terre,
En traversant le ciel, est encor plus légère

Que le gaz infiltré sortant du sein des airs,
Lequel sert d'aliment à ces flambeaux divers
Qui brillent, allumés, et voguent dans l'espace,
Ébranlés par l'ardeur du feu qui les déplace.

Que ces corps lumineux, ces milliers de fanaux,
Éclairant l'univers de feux toujours nouveaux,
Soient plus grands, plus petits! qu'on les nomme Planètes
Mars, Jupiter, Vesta, Satellites, Comètes,
Les Gémeaux, les Poissons, et Pollux et Castor,
Le Bélier, l'Éridan ou la grande Ourse encor;
Hercule, Antinoüs, le Bouvier, la Baleine,
Le Dragon, le Taureau, l'Hydre qu'on voit à peine,
Pallas, Junon, Cérès et Mercure et Vénus;
Le Sirius enfin, plus brillant qu'Uranus;
Qu'importe à notre esprit tous ces noms de caprice!
Laissons-les se montrer au timonier novice,
Qui, désorienté sur d'orageuses mers,
A reconnu par eux son point de l'univers
Et la plage où la nuit il recherche sa route:
Sur leur position il n'est plus aucun doute.

Newton de son compas a marqué savamment
Le lieu qu'occupe au ciel chaque astre en mouvement,
Et c'est en quoi ce vaste et sublime génie
A si fort honoré son siècle et sa patrie.

RENVOI DES NOTES.

(1) La science ayant formulé en chiffres la plupart des faits qu'elle a découverts, les a rendus inintelligibles et sans profit pour le plus grand nombre. Qu'est-ce, en effet, pour le peuple, que ces figures algébriques qu'on lui met sous les yeux, en démonstration de ces faits? c'est pour lui du grec : il les aurait mieux compris, si l'on se fût attaché à les lui expliquer par la méthode de composition que j'ai adoptée, et en remontant des effets aux causes. En matière de physique, des chiffres ne sont pas des raisons.

(2) C'est-à-dire du chaos, ou si l'on veut de l'éternité, dont le centre est la terre autour de laquelle roule tout ce que l'on voit au-dessus d'elle, ainsi que j'en ai administré la preuve dans le cours de mon ouvrage.

(3) Acide carbonique dilaté, suivant la découverte de Thilorier, en 1837.

(4) Ce déplacement est la continuité du mouvement imprimé à la matière qui supporte les astres, amené vers le creux que l'inflammation subite du soleil, la dispersion soudaine de ses rayons dans l'espace, et sa course rapide laissent ouvert derrière lui pendant quelques secondes.

La démonstration de cette proposition peut se tirer de l'explosion analogue d'un baril de poudre à canon au milieu des

airs. Il est certain qu'il y aurait un vide instantané au centre
de l'endroit où la poudre prendrait feu, et de plus, ébranlement de l'atmosphère, lequel se ferait sentir au lointain par
l'effet de la répulsion de l'air élastique contenu dans le salpêtre
enflammé.

CAUSE

ET

ORIGINE DES VENTS.

———

Le soleil, en son cours, du haut du firmament,
Sur le globe a dardé ses rayons par torrent.
Rien n'a pu détourner la brillante matière
De s'allier à l'onde, et d'échauffer la terre,
La glace a disparu sous son impression,
Et le printemps renaît à son impulsion.

Que va-t-il résulter de l'ignifère pluie,
De cette quantité de principes de vie,
Qui pénètre et résoud les corps les plus épais,
Met à sec les ruisseaux, les puits et les marais?
Le sol a transpiré ; sur sa plane surface
Les perles de l'aurore ont permuté de place,
Et, s'évanouissant à force de chaleur,
Invisibles dans l'air, s'exhalent en vapeur.

Subissant son destin, Amphitrite elle-mêm e
S'empresse d'obéir à ce pouvoir suprême,
Et de fournir, tiré des pores de ses flancs,
Le brouillard d'où bientôt vont surgir tous les vents.

Dilaté par le feu, poussé par l'atmosphère,
Cet élément s'élève au-dessus de la terre,
Et s'étend aux confins des régions de l'air.
Là, touché par le froid, descendu de l'Ether,
Qui lui fait éprouver sa subtile influence,
Ce fluide aussitôt se serre et se condense,
S'agglomère, et formant tout-à-coup un lac d'eau,
Du carré qu'il surcharge ébraule le niveau ;
Puis, se précipitant au travers de l'espace,
Sur les bases de l'air qu'il agite et déplace,
Il va donner naissance aux vents impétueux,
A ces vents qu'un poëte, en vers harmonieux,
Consacrés, sous Auguste, à la gloire d'Enée,
Désigna par les noms de Sciron, de Borée,
Et que, dans l'idiome arabe, provençal,
On nomme maintenant Simoon et Mistral......

Que de cent points divers de la voûte céleste,
La condensation de l'eau se manifeste,

Et presse de son poids les colonnes de l'air,
Sur la cause des vents tout sera net et clair ;
Et l'homme studieux qui commente, examine,
Du terrible ouragan comprendra l'origine,
Celle de la tempête, et, sans étonnement,
D'où vient le cours croisé des divers rumbs de vent,
Qui ballotent les airs et l'onde en sens contraire ;
D'où sort ce tourbillon qui ravage la terre,
Et porte la terreur dans les bois, les vallons ;
De quel cercle du Ciel tombent ces aquilons,
Dont le débordement épouvante les villes,
Et fait mugir l'écho des campagnes fertiles.

Que la cause qui crée et produit ces effets,
Enfin, vienne à cesser, Zéphyr, dans les guérets,
Sur l'odorante fleur qui se soutient à peine,
Tendrement répandra l'encens de son haleine.

Zéphyr naît de la brise ou du frémissement
De l'air qui se marie à l'humide élément,
Dont il élève au Ciel les vapeurs élastiques ;
Son berceau se découvre entre les deux tropiques,
Mollement balancé par des aires moteurs
Qui s'épandent sur lui des célestes hauteurs,

Et lui font, tour-à-tour, achever, sous la ligne (1),
De l'occident à l'est une course bénigne.

C'est donc de ces climats, de chaleurs embrasés,
Que partent ces vents doux qu'on appelle *alisés* (2),
Dont le souffle léger, sous un ciel sans nuage,
« Annonce aux *nautonniers des jours exempts d'orage.* »

---

(1) Durant six mois de l'année.

(2) Quand ils soufflent de l'occident à l'orient, et *moussons*, lorsqu'ils changent de direction, et partent des mers de l'Inde orientale.

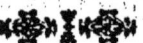

CHAPITRE II.

LE PREMIER MOUVEMENT DE L'UNIVERS A ÉTÉ PRODUIT PAR LES FEUX SOLAIRES.

LE PREMIER MOUVEMENT DE L'UNIVERS

A ÉTÉ PRODUIT

PAR LES FEUX SOLAIRES.

———————

La flamme créatrice, au fond du sanctuaire,
De sa douce chaleur a pénétré l'ovaire;
Il a reçu la vie, et, dans le même instant,
Le fœtus a marqué son premier mouvement.

Déjà son corps grossit, et s'étend et s'agite
Dans le bassin étroit, creusé pour son orbite;
Là, se fortifiant par le suc nutritif
Que lui transmet le fil qui le retient captif
Au centre du berceau dans lequel il repose,
De la force motrice li indique la cause.

Enfin, l'époque arrive où, du sein maternel
Relâchant par son poids le ressort naturel,
Cet être, obéissant à son ardeur innée,
Aux atteintes de l'air livre sa destinée.

2.

Aussitôt son cœur bat, le thorax s'est gonflé ;
Dans ses frêles canaux le sang a circulé ;
L'homme existe, et, debout, se soutient-il à peine
Que la main de la Mort vers la tombe l'entraîne.

Tel fut de l'univers le long ébranlement ,
Lorsque le feu frappa son centre en circulant,
Et vint donner la vie à l'inerte matière.
Le chaos remua sous la presse solaire.
Tous les corps dégourdis par l'électricité (1),
Cherchèrent à s'unir par leur affinité (2);
Puis, se développant, formèrent cette chaîne
Qui s'étend de la terre au céleste domaine.

C'est ainsi que le plein, ce tout majestueux ,
Désigné sous les noms de la Terre et des Cieux,
Arrondi, façonné par l'ouvrier suprême,
De la création explique le problème,
Et rend compte à l'esprit des divers changements
Que subit la nature en ses enfantements,
Soit qu'elle se transforme ou qu'elle dégénère,
Atteinte par le temps qui la tue ou l'altère.

Combattu par la loi de la fatalité,
Croulera-t-il un jour sous sa caducité?

Et l'homme, derechef, menacé d'un déluge,
Contre un océan d'eau sera-t-il sans refuge ?
Son chaume ou son palais consumé par les feux,
Tombant de tous côtés du pinacle des cieux,
Sera-t-il le produit de la vaste comète,
Aperçue au lointain par Bélus en vedette,
Ou de l'extinction subite du soleil,
Ou de l'embrasement d'un volcan sans pareil,
Qui, surgissant soudain du centre de la terre,
Et faisant, en éclats, voler dans l'atmosphère
Tout ce qui tient au sol, entremêlé de flots,
Rendrait le globe entier à l'antique chaos,
D'où la main qui préside au sort futur des mondes
L'avait jadis tiré dans ses œuvres fécondes ?
Ou miné par la sappe incessante du temps
Qui s'attache aux piliers de ses vieux fondements,
Et ne s'appuyant plus que sur une arche étique,
Subira-t-il enfin le sort de l'Atlantique ?
Ou bien encor suivant les lois d'attraction,
Dont rien ne pourrait plus balancer l'action,
Ira-t-il, aspiré par le gouffre solaire,
Se perdre tout entier dans ce grand luminaire ?

Gardons-nous de sonder le cas éventuel
D'un sinistre en dehors de l'ordre habituel,

Dont la solution, funeste à la nature,
Ferait au Tout-Puissant une mortelle injure ;
Et qui n'offre, d'ailleurs, dans sa complexité,
Pas même un léger fond de probabilité ;
Quoiqu'en aient prétendu de fameux astronomes :
(Les Newton, les Képler, armés de leurs binomes),
Sur un principe qui , dans le système ancien,
Conduirait l'univers, sans se lier à rien (3).

Tel est de l'Eternel l'impérissable ouvrage,
Qu'il confond l'examen de l'homme le plus sage,
Et semble ne paraître à nos débiles yeux,
Que pour nous commander plus de foi dans les cieux.

Cependant rassurons les peuples de la terre
Sur le prochain retour, près de notre atmosphère,
De ce globe de feu qui doit tout embraser,
Disloquer, ravager, bouleverser, briser,
Aux dires des docteurs, s'exclamant que le monde
Ainsi disparaîtra dans une nuit profonde.

D'abord, notre univers est tellement construit,
Que nul corps dans l'espace où le sort le conduit,
Ne rompt le fil caché qui lui donna naissance (4).
Quelque pressé qu'il soit dans son bassin immense,

Par ce qui l'environne et par sa gravité
Qui le chasse sur l'une ou l'autre extrémité
De l'orbe au sein duquel il se meut, il s'agite;
De cet orbe il ne peut déborder la limite,
Pas plus qu'un bois léger, étendu sur les eaux,
Qu'entraîne le courant invincible des flots,
Ne pourrait traverser la liquide barrière
Qui le porte et le tient séparé de la terre :
Ce corps peut s'élever, mais descendre jamais,
Tant les ressorts du Ciel sont finis et parfaits;
Ou plutôt, tant le feu qui brûle et purifie
La matière à laquelle il a donné la vie
Par la transmission de sa douce chaleur,
A, pour le globe aussi, prévenu tout malheur.

Veut-on savoir, enfin, ce qu'est une comète,
Dont l'annonce épouvante une tête pauvrette
Qui croit voir dans Laensberg, le Messager boiteux,
Un Calchas disposant de la foudre des cieux ?

La comète est un corps d'indicible structure,
Un têtard de vapeurs qui lentement s'épure,
Se dessine et s'élève en tortueux replis,
Jusqu'au cercle appelé le séjour d'*Osmantis* (5),

Où ce qui naît soudain, dans ce parage extrême,
Pour la science exacte est encore un problème.
Là, promu, ce têtard, sans cesse en mouvement,
S'allie au tourbillon que crée au firmament
La chute tout-à-coup d'un atome organique,
Qui, contracté, descend de sa couche élastique
Pour aller se placer, selon sa gravité,
Dans un cercle du Ciel qui le porte, arrêté.
Puis, bercé par le temps, et nourri par l'artère
Qui lui transmet les sucs émanés de la terre,
L'insécable têtard, moins gros que le ciron,
Grandit, se développe, et tel qu'un potiron
Qui vient couvrir le sol de son volume énorme,
Il prend le figuré d'un globe multiforme ;
Mais d'un globe pétri d'un limon salpêtré,
Dont le tissu ligneux, obscur ou coloré,
Contient un réservoir d'inflammable matière,
Un dépôt mélangé de gaz et de lumière.

Ainsi naît la comète, occultée et croissant,
Portée au tourbillon jusqu'au fatal instant,
Où sa sphéricité, dépassant la limite
De la plaine du Ciel qui forme son orbite,
Elle atteint par le haut de son front évasé,
De l'orbe supérieur le courant opposé (6).

Aussitôt qu'elle touche à cet angle céleste,
Comme un éclair qui part, le feu se manifeste,
Et semble être un soleil : son ardente chaleur
Dilate les parois du couloir conducteur
Des gaz sortis de terre, infiltrés dans l'espace.
Elle baisse, et brûlant jusqu'au bord de la place
Où le lit de l'éther la détourne en son cours,
Sa flamme disparaît et s'éteint pour toujours.

Si ce corps embrasé, traversant l'atmosphère,
Pouvait, sans nul obstacle, arriver jusqu'à terre,
Il n'y serait jeté qu'en petit filament,
D'un feu qui s'amincit par défaut d'aliment,
Et vient, après avoir vite fini sa course,
Expirer au lieu même où se forme sa source.

Ainsi lorsque le temps fait surgir à nos yeux,
Dans un recoin du ciel ce flambeau radieux;
Soit qu'il décrive à l'est une diagonale;
Soit qu'il suive au midi sa pente verticale;
Qu'il monte à l'horizon ou se cache dessous,
Son cours accéléré ne peut être pour nous
Un objet de terreur. Son volume éphémère,
Plus ou moins éloigné du centre de la terre,

N'a point cette épaisseur qui serait dans le cas
De briser par son choc le globe avec fracas,

Je le dis aux humains d'un esprit trop timide,
Le globe est défendu par l'élastique égide
Du vaste océan d'air qui préserve ses flancs
Du funeste contact de tous les feux errants (7).

RENVOI DES NOTES.

(1) Voir le *Chapitre de l'Électricité*.

(2) L'affinité des corps, dans l'ordre matériel, est l'analogie de la sympathie des individus dans l'ordre moral. Quand deux corps composés de la même matière liquide se rencontrent dans l'espace, ils s'unissent et ne forment bientôt plus qu'un tout homogène et compacte, dont le mouvement est communicatif du centre à la circonférence, *et vice versâ*. Voilà d'où proviennent les forces centrifuge et centripète.

(3) Ce principe n'a existé que dans l'imagination de ces célèbres astronomes dans l'impossibilité où ils étaient de rendre compte des causes réelles du mouvement des planètes : n'ayant point de bonnes raisons à donner, ils ont inventé une matière occulte qui agirait dans *tout l'univers*, sans toucher à rien, et qui, tôt ou tard, si elle existait, amènerait une conflagration générale.

(4) Il faut entendre par le mot *filet*, les ramifications des planètes qui ont des satellites et les groupes d'étoiles désignées sous le nom de *constellations;* les petites étoiles, ainsi que les satellites des planètes qui tiennent à leurs étoiles et planètes principales, autour desquelles elles circulent, retenues par un lien invisible qui les attachent à elles, comme les branches au tronc de l'arbre qui les porte.

Que le sol où cet arbre est planté change de place par l'effet d'une commotion quelconque de la terre, les branches suivront le mouvement du tronc de l'arbre dans toutes les directions imprimées par cette cause troublante, sans se briser, parce que, entre le tronc de l'arbre et les branches, entre les satellites et les planètes, petites et grandes étoiles qui font groupes, il n'y aura pas solution de continuité de l'essence qui les relie si fort que soit le contact ou le ..oc qu'elles puissent essuyer d'autres corps en mouvement.

Il n'en est pas de même des étoiles uniques qui se forment et naissent dans la voie lactée, et d'où elles sortent, en s'en détachant, comme un fruit mûr, de sa tige, et l'être procréé, du sein de sa mère, pour aller se poser, selon leur légèreté ou leur pesanteur, dans un orbe firmamental plus ou moins haut, plus ou moins bas, et en ligne directe de leur berceau natal, toujours pondérant le centre de la terre à toutes les longitudes et latitudes connues.

Beaucoup de ces étoiles dévieront de cette ligne droite, si elles rencontrent, soit en s'élevant au ciel, soit en descendant vers la terre, un courant de la matière en mouvement, qui les emporte jusqu'à ce qu'elles l'aient traversée, telles que des ballons qui, poussés çà et là par des vents variables, après avoir franchi l'atmosphère, planeraient ensuite au-dessus d'elle, sans mouvement, fixés dans un cercle aussi léger qu'eux.

Ainsi, des étoiles et des groupes d'étoiles d'une grosseur remarquable, en raison directe de leur légèreté, peuvent s'éle-

ver du sein des pléiades , pour aller prendre rang aux étoiles
fixes et peupler l'Empyrée, pendant que d'autres , sortant de
la même source, mais plus lourdes que l'élément qui les a
formées, descendent du Ciel et s'approchent de la terre, d'où
on les voit si souvent se déchirer et s'éteindre.

Des petits tourbillons qui doivent se produire à la surface
des couches matérielles en mouvement, peuvent aussi donner
naissance à des étoiles simples, doubles, et même à des groupes d'étoiles plus ou moins resplendissantes auxquelles ces
tourbillons servent de berceaux , où elles scintillent par l'effet
de la dilatation de la matière éthérée qui, s'élevant en spirale
autour de leur flamme flamboyante, terminée en pointe conique, lui imprime cette vacillation qu'on remarque à l'œil nu.
Quand les tourbillons s'effacent, elles disparaissent avec eux,
en filant. C'est de là que proviennent les étoiles dites *filantes*.
Tant qu'elles existent, portées au centre des petits tourbillons
qui les soutiennent, elles sont nourries et entretenues par les
gaz qui leur arrivent de la terre par infiltration, comme le suc
ou la sève des arbres par leurs racines. Il en est de même des
planètes ultra-zodiacales, dont la grosseur s'explique par l'é-
tendue des grands tourbillons qui les emportent avec leurs
satellites dans la direction donnée par le mouvement général
de la matière universelle, attribué au soleil, qui en est seul
l'auteur ou l'agent suprême.

Quel que soit donc le degré d'élévation ou d'abaissement de

l'orbe céleste dans lequel vont se placer les étoiles sorties de la voie lactée, elles suivront, comme la lune, le mouvement de la matière qui les soutient, et s'y plongeront de même que le satellite de la terre par le côté le plus lourd et le plus dense.

(5) Le paradis des houris, selon le mahométisme, ou le séjour des heureux, suivant le système de Ptolomée.

(6) Le frottement et la résistance qu'elles éprouvent les enflamment.

(7) Les traînées de lumières plus ou moins brillantes, qu'on appelle improprement *queues de comètes*, puisque celles-ci peuvent précéder celles-là, et même s'étendre de tous côtés, sont le produit de la grande flamme que ces corps brûlants, qui se décomposent, comme des fusées volantes, projettent dans la couche supérieure de la matière superposée dont le courant est contraire à leur marche rapide. L'approche des planètes, telles que Jupiter, Saturne et la rencontre tangentielle d'autres tourbillons qui voguent dans l'orbe touchant immédiatement à celui que les comètes décrivent, peuvent faire rétrograder ces dernières et dévier de leur route, jusqu'au moment où ces tourbillons les ayant débordées et ainsi repoussées, elles reprennent leur direction primitive avec plus de célérité, comme un corps comprimé et ralenti qui tourne ou frise l'obstacle qui entrave sa marche de front.

Si le courant de la matière qui porte les comètes est parallèle au centre du disque solaire et se dirige vers cet astre avec la force d'impulsion que ne balancent pas les rayons vecteurs, il n'y a pas de doute qu'elles ne tombent dans ce gouffre de feu et ne s'y consument entièrement, à moins qu'elles n'y entrent intégralement, et n'en sortent aussitôt chassées par la force centrifuge de la flamme tourbillante et véloce, qui n'aurait pas pu les dévorer subitement, à cause de leur densité et de leurs matières plus ou moins promptes à s'embraser, et qui, résidu d'élément ou de poudre terreuse incombustible, forment alors des bolides qui tombent sur le globe aux endroits où elles prennent leur direction verticale au centre de gravité de la terre.

Les comètes peuvent aussi se perdre et s'éteindre dans le cercle atmosphérique des grosses planètes, et autres plages de l'espace où les tourbillons qui les emportent vont s'effacer.

CHAPITRE III.

DES CAUSES DU MOUVEMENT DES ASTRES.

LES VRAIES CAUSES

DU MOUVEMENT DES ASTRES,

———

Ainsi qu'un fil à plomb, suspendu dans les airs,
Fait mouvoir par son poids les rouages divers
D'une horloge posée en parfait équilibre,
Tel le feu du soleil, perçant la voûte libre
Du vaste clos des cieux, nommé le Firmament,
Aux constellations donne le mouvement.

Mais ce n'est pas d'après ce qu'a dit Galilée
Dans son abstraction à jamais écroulée,
Et comme un corps savant (1) l'a cru jusqu'aujourd'hui,
Sur les assertions différentes d'autrui,
Que ce grand mouvement du monde planétaire,
Tel que nous le voyons s'accomplit et s'opère.

Il faut donc rechercher, ailleurs que dans Newton,
Kléper et Copernic, Descartes et Buffon,
Par quel ressort puissant, les astres, dans l'espace,
S'ébranlent chaque jour et permutent de place.

3

D'abord, j'ai déjà dit quelque part dans mes vers,
Que le premier agent, moteur de l'univers,
De la plaine céleste, insensible, inactive,
C'était le feu ; le feu, dont l'ardeur incisive (2),
Traversant tout-à-coup d'un jet l'immensité (3),
A rompu sans effort son immobilité,
En rendant moins compacte et plus souple et légère,
La courbe où les corps lourds pèsent sur la matière.

On conçoit que ces corps, existants au moment
Où le monde manquait de l'actif élément
Qui communique au globe et la force et la vie,
Dans le sein de leur orbe étaient sans énergie ;
Que de tous les côtés les points de leurs étais,
Étant également entiers, forts et parfaits,
Ils devaient au repos nécessairement tendre,
Jusqu'au temps où le feu, commençant à s'étendre,
Et soumettant le Ciel à ses bénignes lois,
Force fut à ces corps, entraînés par leurs poids,
De s'agiter soudain et rouler dans l'espace
Vers le faible support de la plane surface,
Que ce feu pénétrant, par sa vive chaleur,
Venait de dilater et rendre sans vigueur.

(Que pendant quelque temps le soleil disparaisse ;
Ses feux soient amortis et sa lumière cesse !
Bientôt s'arrêteront les corps en mouvement,
Comme un vaisseau sur mer, auquel manque le vent.)

Mais quoique l'action du feu sur la matière
Du mouvement donné, soit la cause première,
Ce feu n'est pourtant pas le seul qui fait mouvoir
Ces corps diamantés qui nous charment le soir.]

Un abîme profond, un vide enfin immense (4),
Que les feux du soleil, dans leur vitesse intense,
Partant de toutes parts, ont laissé derrière eux,
Est une cause aussi des mouvements des cieux,
Et de l'inclinaison des corps à l'écliptique.
Cet abîme entrouvert, que je suppose unique,
Est le creux que le gaz (éternel aliment
De tous les feux du Ciel) a fait en s'enflammant,
Et se perdant soudain, répandu dans l'espace.

On sent que pour combler le creux de cette place,
Que la combustion, dans sa vivacité,
Bien plus extrême encore que l'électricité ;

Tient sans cesse béant, pendant quelques secondes,
Loi devint à ces corps qu'on appelle des mondes,
De courir vers ce vide, aussi prompts que l'éclair
Qui vient frapper la nue et se perdre dans l'air.

Ainsi, quand nous voyons, vers la ligne centrale,
Les astres graviter d'une vitesse égale ;
Leurs mouvements réglés, aperçus dans la nuit,
Allant à l'équateur, ne sont que le produit
Et l'effet médiat de la chaleur immense
Que projette le gaz, en son incandescence,
Et du vide ambulant, ou, si l'on veut, du creux
Qu'ils cherchent à remplir et qui fuit devant eux.

Si le soleil était dans le vide intactile,
Ne faisant que rouler sur son centre immobile ;
Aucun des mouvements, opérés par son feu,
Ainsi qu'on le soutient, ne pourrait avoir lieu.

En effet, quel rayon de la flamme solaire,
Arrivant aux confins de la céleste sphère,
Après avoir franchi les plaines du chaos ;
Et du vaste Océan percé l'azur des flots,

(J'admets qu'il soit encor dans sa vigueur première),
Sur ses axes pourrait faire tourner la terre,
Sans produire, d'abord, avec l'air balotté,
Une solution de continuité;
Sans lancer au-delà du sommet des tropiques
Tout ce qui ne tient point par des liens uniques,
Une attache imbrisable et ferme adhésion
Au sol obéissant à la rotation.

On a, pour étayer cet erroné système,
De la rotation du globe sur lui-même,
Et son entraînement, impossible à tracer,
Dans l'orbe où Galilée a voulu le placer,
Son centre parcourant une courbe elliptique,
Selon lui circonscrite au plan de l'écliptique;
On a broyé du noir, supputé, mesuré
Toute la profondeur de l'espace éthéré;
On a donné l'essor à folle rêverie;
On a doctement fait de la géométrie,
Des lois d'attraction et de répulsion,
Dont le moindre défaut, dans l'application
Et le balancement de leurs vertus contraires,
Serait le bris complet des planètes entières;

La disparution, dans l'antre du soleil,
De la lune et du globe avec leur appareil,
C'est-à-dire avec l'air, le firmament, les ondes,
Et les êtres vivants qui peuplent les deux mondes (5).

Eh bien ! tous ces calculs, prodiges de l'esprit,
Ne sont qu'un labyrinthe où la raison périt,
Se perd en vains efforts pour découvrir la voie
D'où l'on peut voir comment l'univers se déploie,
Se déroule et se montre à l'homme satisfait,
Tel que la main de Dieu l'a construit, en effet.

Qu'il me soit donc permis, soutenu par ma veine,
De venir contrôler le céleste domaine,
Et, fort des éléments de ma conviction,
De rouvrir le champ clos de la discussion,
Par des faits échappés jadis à la science;
Si j'errais, à mon tour, dans ce dédale immense
Que j'explore aujourd'hui, je serai satisfait,
Qu'on me dise, où trompés, mes sens auront forfait,
En quoi mon esprit roide, épuisé, sans ressources,
Aura quitté du vrai les précieuses sources,
Pour entrer dans le vague, enfant né du pathos,
Qui dépare souvent les ouvrages nouveaux.

Je le répète donc, et sans phrase prolixe,
Tel est mon sentiment, le soleil n'est pas fixe,
Et la terre, malgré de sublimes discours,
Restera sur son centre immobile toujours.
Et pourquoi (c'est ici qu'existe le miracle)?
Parce que notre terre est le grand réceptacle,
Et, pour le dire ainsi, l'abdomen sur lequel
S'entassent les corps lourds, évacués du Ciel ;
Que pour faire virer cette pesante masse,
Comme un boulet qui roule au milieu d'un espace,
Il faudrait que le feu, tombant à l'équateur,
Tel qu'un large cours d'eau, qui frappe avec vigueur
Les angles dentelés d'une roue hydraulique
En eût la force active et le poids spécifique.

Or, comme je l'ai dit en différents endroits,
Les rayons du soleil, dardés, n'ont aucun poids (6).
D'où, par induction, il s'ensuit que la terre
Ne peut plus être, enfin, que la base première,
L'immobile noyau, le point de fixité
Sur lequel tout se meut et vogue en liberté (7).

Du globe il sera donc désormais impossible
D'admettre un mouvement qui nous est invisible,

Et qu'on ressentirait par l'opposition
De la matière occulte en agitation.

En vain, l'on prétendra que l'air de l'atmosphère,
Tenant par ses chaînons aux angles de la terre,
Du globe vers le Ciel et le prolongement,
Que l'homme, sans le voir, en suit le mouvement,
Comme s'il se trouvait cloué dans un navire,
Que pousserait le vent sur le liquide empire.

Je répondrai d'abord, que la comparaison,
Ainsi faite du globe, en sa rotation,
Au vaisseau que les vents font glisser sur les ondes,
Quoi qu'en dise l'auteur du système des mondes,
Est impalpable au fond, parce que le vaisseau,
Si rapide que soit sa vitesse sur l'eau,
N'offre pas aux regards, avec exactitude,
Le fidèle tableau de la similitude (8).

Un navire, en effet, peut-il bien à nos yeux,
Représenter la terre et les cercles des cieux
Entre lesquels tenu, comme dans une orbite,
L'homme s'avance, court, se retourne et s'agite,

Sans que debout il sente enfin le mouvement
Du corps creux qui l'emporte, élancé par le vent ?
Non, pas plus qu'une fronde élastique et tournante,
Qui retient un caillou dans sa corde ployante,
Ne peut servir de point de démonstration
De l'uniformité de la projection (9).

Ainsi, lorsque l'illustre et docte Fontenelle
A tenté d'établir le fautif parallèle
De l'homme transporté dans le corps d'un vaisseau,
Aux fins de soutenir le système nouveau
Qui faisait circuler sous le disque solaire,
Dans un orbe arrondi le monde sublunaire (10),
Le savant Fontenelle a commis une erreur,
Il n'a pas remarqué, compris qu'à la hauteur
Où s'applanit, se porte et monte la matière,
Qui forme, selon lui, les confins de la terre,
Et là, son plus grand cercle, il n'a pas observé
Qu'à cet éloignement, qu'à ce point élevé,
Voisin du lit du fleuve où la flamme céleste,
Roulant sur elle-même aux yeux se manifeste
L'homogéité des corps liés entr'eux,
Qui doivent embrasser et la terre et les cieux,

3.

Suivant les errements du moderne système,
Cesse à partir du sol; enfin n'est plus la même
Que celle qui s'étend, par continuité,
Du centre de la terre à son extrémité (11).

Conçoit-on un levier d'une longueur immense,
Dont l'un des bouts serait d'une matière dense,
Ou d'un fer inflexible, et l'autre bout, d'un corps
Dont l'élasticité cède aux moindres efforts;
Levier avec lequel un successeur d'Alcide,
Prétendrait déplacer une masse solide,
Et la faire bondir, comme un obus errant
Que la poudre a chassé d'un tube fulminant.

C'est pourtant ce levier, sorte de casse-tête,
Désigné sous le nom de force-centripète,
Qu'on a mis en avant, pour montrer comme quoi,
Le globe, mû par lui, subit enfin sa loi (12),
Et tourne sur lui-même, au plan de l'écliptique,
Plus vite que ne court l'étincelle électrique,
Lorsqu'elle va frapper d'un coup vif et soudain
Un rang d'individus se tenant par la main.

Loin, loin de moi les mots d'une vertu contraire,
Qui n'ont point d'analogue et sont sans corollaire,

Dont on ne peut saisir l'existence à l'effet ;
Qui n'offre à l'esprit qu'un symbole imparfait
De l'agent translateur d'une force invincible
Que son lieu de départ rend inintelligible (13).

Il nous faut parler vrai pour être bien compris,
Et l'on n'est éloquent, ni disert qu'à ce prix.
Sans le vrai, quel que soit le sublime du style,
On ne peut que bâtir sur un terrain mobile,
Et livrer ce qu'on crée à la merci du temps,
Dont la faulx ne fait grâce et quartier qu'au bon sens.

Ainsi, pour expliquer et fonder mon système,
Je ne recourrai pas au fil du théorême,
Au tableau transcendant du mathématicien ;
Qui troublent la raison et ne démontrent rien (14).
Ma muse, en décrivant d'une main assurée,
Les mouvements divers de la plaine azurée,
S'écartera du mode, employé par Newton,
Dans son traité des lois de gravitation,
Et mon vers, abordant le Ciel sans subterfuge,
N'argumentera point de la force axifuge ;

Terme que l'on dirait à dessein inventé,
Pour tirer d'embarras, dans sa course arrêté,
Un esprit haletant, réduit à l'impuissance
De prouver les calculs et les faits qu'il avance (15).

RENVOI DES NOTES.

(1) L'Académie des Sciences.

(2) La chaleur solaire est si forte en partant de son foyer incandescent, qu'elle traverse tout d'un coup, en rayonnements,
l'immensité de l'espace mobile, sans éprouver d'autre résistance que celle de la terre, où, arrivée au terme de sa force
pénétrante, elle s'arrête, épuisée, à quelques pieds de profondeur du sol.

(3) Les voies firmamentales.

(4) Si, effectivement, le soleil n'est autre chose que le résultat immédiat de l'ignition instantanée des fluides calorifiques, métamorphosés soudainement en lumière, ainsi que la
nouvelle théorie l'établit, il ne sera pas irrationnel d'inférer
de là que l'embrasement spontané de ces gaz volatils, proje-
tant des rayons qui partent tout-à-coup du centre du disque à
la circonférence, ne doivent nécessairement, en raison directe
de leur vitesse divergente, à laquelle on ne peut comparer que
l'inflammabilité de la poudre à canon, produire un vide dont
la profondeur est égale au diamètre du foyer embrasé.

(5) C'est pourtant à cette conflagration universelle que conduiraient à la longue les lois d'attraction et de répulsion inventées par Newton, si un nouveau corps quelconque, surgis-

sant tout-à-coup dans le vide, venait à paraître au milieu de l'espace occupé par les planètes.

En vérité, le système de Copernic est destructif des mondes qu'il a imaginés; il est aussi la négation de la Divinité, qui n'a pu faire l'œuvre de la création imparfaite; il froisse le bon sens; il pèche également contre la logique; car on ne saurait pas plus attirer et repousser à la fois, qu'exciter et calmer en même temps.

(6) L'univers matériel doit être physiquement posé au centre de l'immensité du vide, comme les noyaux, à quelques exceptions près, se trouvent au milieu des fruits qui en portent. Ce vide l'environne de tous côtés, comme le firmament, l'air, les mers, les hommes et les animaux cernent la terre de toutes parts et pèsent simultanément sur son centre de gravité, n'importe le point de la circonférence où ils se trouvent en circulant autour d'elle.

Cette hypothèse admise, on conçoit que toutes les matières jadis éparses dans le chaos ont dû se diriger vers le point central du vide, pour y chercher le repos et s'y entasser.

Ainsi tombent les systèmes qui font voguer dans les plaines de l'immobile éternité les planètes dont la visibilité télescopique échapperait à tous les yeux, s'il y avait réellement entre elles et l'univers céleste un espace sans matière, c'est-à-dire un vide quelconque.

Les Coperniciens, en plaçant le soleil dans le vide, à 36

millions de lieues de la terre, n'ont point réfléchi que, d'abord, il fallait de l'air à cet astre pour brûler; en second lieu, que, pour traverser ce vide, les rayons solaires avaient besoin, comme l'électricité, de fils conducteurs, sans le concours desquels ils ne pourraient point arriver jusqu'à nous; et en troisième lieu, que notre vue est incapable de franchir le néant, parce qu'elle a besoin aussi de fils conducteurs pour percer l'immensité de l'espace. Ces objections sont fatales au système de Galilée.

(6) Il est reconnu que la chaleur et les rayons solaires sont impondérables, étant la matière la plus subtile et volatile de toutes celles qui existent dans l'univers. Ces éléments de vie et de création ne peuvent donc point avoir la puissance du levier à la distance énorme du lieu d'où on les fait partir pour éclairer et échauffer le monde. Ils peuvent néanmoins repousser Mercure et Vénus, à cause de la proximité de ces deux planètes du centre du disque solaire, dans lequel ils se jetteraient infailliblement, si elles n'en étaient empêchées par l'excentricité des gaz embrasés, qui, à ce point rapproché de leur ardent foyer, ont alors une force égale à celle de la poudre à canon, dont le feu s'éteint et s'annulle à un mètre de distance de la pièce.

(7) C'est à dire vont gravitant, selon l'expression astronomique, vers le creux instantané qui suit la course diurne de l'astre du jour autour de la terre.

(8) Quand le navire se penche tout-à-coup vers l'un de ses bords, on sent ce mouvement qui fait perdre souvent l'équilibre aux passagers debout sur le pont, et les oblige à se tenir cramponés au bordage du bâtiment pour ne point tomber.

(9) L'analogie n'est pas seulement incomplète, mais elle est fausse. Le navire, sous voiles, étant toujours dans un état d'oscillation plus ou moins forte, en raison des vents et de l'agitation de la mer.

(10) Une ellipsoïde, bornée aux deux tropiques, laquelle occuperait un des foyers du soleil. C'est entre cet astre et notre globe que Mercure et Vénus passeraient successivement, selon l'ancien système, au risque de culbuter la terre, tandis que, par la nouvelle théorie, ce sinistre n'est plus à redouter, attendu la gravité des matières qui remplissent l'espace firmamental, et tiennent forcément à distance ces deux planètes, ainsi qu'on le verra au Chapitre IV, intitulé : *Des élongations, de la voie lactée et des tourbillons.*

(11) Ne représente pas l'image ou la figure d'une roue dont les jantes et les rais s'appuient sur le moyeu formé de la même matière.   FONTENELLE.

(12) La rotation diurne de la terre et sa révolution annuelle sous l'un des foyers du soleil sont impossibles. En voici la preuve. D'abord, parce que l'action des feux solaires qui n'ont, ainsi que je l'ai déjà démontré, qu'une vertu dilatante et sans gravité attractive sur les corps solides et malléables dont le

globe terrestre est composé, ne pourrait forcer la masse compacte de la terre à exécuter un mouvement auquel sa densité
et son poids énorme refusent de se soumettre.

Comment, en effet, supposer qu'un poids aussi incommensura-
ble dont il est impossible de calculer la gravité approximative,
dont l'équilibre est sujet à tant de variations par suite du déplacement des terres et des masses d'eaux enlevées aux mers,
et qui retombent avec inégalité sur la surface du globe, dont
elles gonflent les fleuves et les rivières dans quelques-unes de
ses parties, tandis que dans d'autres régions les cours d'eaux
sont à sec, comment, dis-je, supposer qu'un tel poids puisse
obéir à la dilatation de feux dont la destination est de s'allier
à la terre, de pénétrer dans les plantes, d'y demeurer pendant
quelque temps, et de n'exercer sur les corps solides qu'une
action lente et pour ainsi dire nulle?

La seule force coercitive du soleil est dans sa chaleur extrême; mais cette force est inerte sur la matière compacte,
qu'elle n'ébranlera pas en bloc, mais qu'elle dissoudra, sépa-
rera, volatilisera, en laissant à l'air dense la puissance du déplacement, puissance que les rayons solaires ne sauraient avoir,
en raison directe de leur légèreté comparée, lorsqu'ils arrivent sur la terre qu'ils échauffent et les ondes qu'ils traversent, sans causer à celle-ci la moindre oscillation, si ce n'est
la rupture de leur niveau aux endroits où elles se dégagent,
transformées en vapeurs.

On n'a pas assez approfondi la qualité des feux émanés du soleil, on leur a donné mal à propos une vigueur qu'ils n'ont pas, c'est-à-dire une puissance de levier qui n'existe po'nt dans leur essence incisive.

Le feu, je le répète, n'a de nerf (à parler physiquement) que sa chaleur douce, pénétrante et insinuante, lorsqu'il est éloigné des objets exposés à ces rayons. Cette chaleur a été très-bien définie par notre bon Lafontaine, dans sa fable (*Borée et le Soleil*). Elle ne renverse pas comme l'aquilon, elle ne pousse et ne détruit pas comme l'air comprimé dans le salpêtre, comme l'eau réduite en vapeur, comme l'acide carbonique dilaté. Ces dernières matières ont seules la force nerveuse qui peut donner chasse aux corps solides. Pourquoi? parce que la nature de ces matières dilatables, est privée de l'élément incisif qui perce sans briser; parce que, excepté la chaleur pure (et il faut entendre celle-là, exempte de particules élastiques et liquides), qui pénètre partout sans résistance comme sans obstacle les corps qu'elle atteint, l'eau et l'air combinés avec les parcelles de feu et de terre qui y entrent et s'y allient pour en faire une masse homogène ou un corps compacte, ont la puissance de destruction et la force d'impulsion que transmettent le levier et le contact des superficies. Le feu pur, privé de l'alliage de l'eau et de l'air, n'a qu'une action résolutive sur les solides; celle qu'on lui attribue et qu'on lui fait exercer sur le globe terrestre, est erronée; elle manque de base, et elle pèche contre les lois de l'équilibre, auquel tous les corps tendent; elle est en contradiction avec le centre de gravité de la terre, sur lequel s'appuient et s'accumulent les matières denses, qui, après avoir été soulevées et détachées à l'aide de l'air, soit du sol, soit des eaux, par particules ou par évaporations, y retombent, entraînées par leurs poids, et suivant la ligne verticale où elles se trouvent portées au moment de leur condensation et de leur chute.

Qu'est-ce donc que le feu??? Ne serait-ce pas l'intelligence divine qui agit sur la matière, l'anime et la conduit, en lui donnant l'instinct de sa conservation! S'il en est ainsi, il faut conclure que les qualités du soleil sont essentiellement morales; qu'elles n'étreignent le genre humain, les êtres procréés et les végétaux, que pour les développer dans leur forme, les agrandir jusqu'au moment fixé par le temps, pour leur décadence et leur décomposition finales mais; qu'elles n'ont, en elles-mêmes, aucune force physique capable d'imprimer au globe le mouvement de rotation diurne qu'on leur attribue à la distance de 36 millions de lieues, et cela, en vertu des lois d'attraction et de répulsion que Newton fut forcé d'inventer pour prouver ses calculs étonnants, et comme quoi les astres opèrent leur révolution dans le vide de l'éternité, lorsqu'il est démontré maintenant que ces astres peuvent tout aussi bien se mouvoir dans le plein.

Lorsque j'ai avancé et soutenu dans mes vers que l'attrac-

tion et la répulsion (termes abstraits auxquels on a voulu
donner une espèce de force magnétique qui opérerait entre la
terre, le soleil, les planètes et le vide) étaient synonymes de
désordre et de confusion, et conduiraient un jour à une conflagration générale des astres, à un cataclysme universel, j'é-
tais, comme je le suis encore, convaincu de cette vérité éven-
tuelle, qui ressortit des expressions de la loi newtonienne.

En effet, n'est-il pas indubitable que deux forces, imp'i-
quant des vertus opposées et militantes, en lutte continuelle,
ne produisent tout le contraire de ce qu'on a d'abord prétendu
d'elles ? est-il probable qu'elles conservent toujours l'égalité
de leur puissance? que l'une de ces forces n'attire pas l'autre
dans sa sphère d'activité, et ne l'annulle dans un temps plus
ou moins éloigné, et que de cette annullation ou faiblesse
de l'une d'elles (causes qui amèneraient infailliblement la
rupture immédiate de l'équilibre des corps et de l'harmonie
céleste), il n'en résulte une perturbation universelle dans le
système appuyé sur ces deux forces chimériques, qui retiendraient les planètes dans leurs orbites, qui agiraient dans le
soleil et qui dirigeraient un fétu vers le centre de la terre,
ainsi que l'a affirmé un philosophe plus expert en pièces de
théâtre que profond en astronomie, dans ses questions sur le
cartésianisme, où, se faisant l'écho de ce que d'autres ont
avancé, il met au nombre des erreurs de notre savant Descartes celle d'avoir admis le plein, dans lequel, selon ledit

philosophe, tout mouvement des astres serait impossible.

Il faut donc chercher ailleurs que dans l'attraction et la répulsion une autre méthode de savoir et de rendre compte du ciel. C'est ce que j'ai entrepris, en m'appuyant sur toutes les données astronomiques qui m'ont paru probables et justifiées par la raison.

(13) Cette force partirait de 36,000,000 de lieues. A cette distance là, l'effet qu'on lui attribue est physiquement impossible; ce que je crois avoir démontré plus loin, en parlant des rayons vecteurs du soleil, qui ne pourraient pas même faire remuer le fil d'une toile d'araignée, suspendue en équilibre dans l'espace.

(14) Pour prouver l'immobilité du soleil et la rotation diurne de la terre, Newton et Képler ont été obligés de recourir aux lois incompréhensibles d'une propriété universelle de la matière qui, selon eux, opérerait dans le vide et retiendrait les planètes dans leurs orbites.

Ce dogme de Newton sur la matière a pourtant trouvé, non seulement une masse d'anciens philosophes pour croyants, entre autres l'auteur de *Mérope*, qui s'en est montré le prôneur le plus outré; mais encore de nos jours, une armée de jeunes littérateurs trissotins, qui s'en font les défenseurs fanatiques; et voilà, comme au xviiie siècle, on a fait de la haute et inintelligible philosophie. Tout est à refaire en astronomie, ou du moins beaucoup de choses y sont à rectifier.

(15) Les mathématiques n'ont rien de commun avec le travail de la nature, qui échappe à ses investigations dans tous les
effets, dont les causes cachées lui resteront toujours inconnues,
et que la raison seule peut découvrir à l'aide du fil de la pé-
nétration et de l'art conjectural qui mènent un esprit robuste
et droit à la source occulte et créatrice de toutes choses.

CHAPITRE IV.

DE LA VOIE LACTÉE. — MERCURE ET VÉNUS. — DES
ÉLONGATIONS DE CES DEUX PLANÈTES. — DES
TOURBILLONS.

DE LA VOIE LACTÉE.

DES ÉLONGATIONS DE MERCURE ET DE VÉNUS.

DES TOURBILLONS.

———

Ah! quel esprit fécond fut cet idéologue,
Qui, pénétré du feu sacré de l'apologue
Et d'amour des humains, vint transformer en dieux
Des siècles écoulés les mortels vertueux!!! (A)

———————————

(A) Ce n'est pas un vain mot que l'idéologie :
C'est la terre et les cieux où puise l'industrie,
Où plongent méditants des esprits producteurs,
Tâchant de découvrir dans des airs réfléteurs,
A travers le reflux de rayons fantastiques
Et les ternes lueurs de flammes phosphoriques,
Comme au fond d'une mine on cherche un diamant,
Quelqu'emblème du beau qui rend l'homme plus grand,
Plus instruit qu'il ne l'est des lois de la nature,
Et moins propre à subir le joug de l'imposture ;
Ce joug que des jongleurs, singes de royauté,
Lui jettent sur le front avec impunité.

4

Au monde apostolique il ouvrit la carrière,
Lorsque, plaçant au sein de la céleste sphère,
Comme des demi-dieux, les antiques héros
Qui s'étaient illustrés par d'utiles travaux,
Il les représenta, vivants dans les étoiles
Dont la clarté perçant des nuits les sombres voiles,
Semble nous dire à tous que l'esprit de ces preux
Est là pour nous guider encor du haut des cieux.

Une sainte doctrine était dans cette idée
Qu'aux savants dont la vie entière est consacrée
A fonder, par des lois, le bonheur des mortels,
Les nations devaient ériger des autels,
Glorifier leurs noms sur le fronton des temples,
Afin que les grands cœurs, mus par de tels exemples,
Et jaloux des regards de la postérité,
Sussent comment on marche à l'immortalité,
(Non l'immortalité couverte d'infamie,
Attachée au carcan du traître à sa patrie) ;
Mais l'immortalité qui couronne un Titus,
Guttemberg, un Homère, un César, un Codrus...

Peuples, honorez donc ces hommes de courage,
Dont le vaste génie élevant le langage,

Pour donner plus d'essor à l'humaine raison,
Permit à celle-ci d'élargir sa prison,
De sortir de l'espace où jadis circonscrite,
Elle avait devant soi l'horizon pour limite,
Le besoin pour conseil, et pour guide l'erreur
Que le charlatanisme exploitait sans pudeur.

Le ciel était alors un large champ aride,
Vers lequel, incertain, comme un aiglon timide,
L'homme tournait les yeux inquiets et surpris.
Ses regards attentifs, du firmament épris,
Mais errants dans ce clos qu'ils scrutaient avec peine,
Cherchaient à découvrir la force souveraine (1)
Qui poussait au-dessus de son front étonné,
Les astres dont ce ciel est partout blasonné.

Il ignorait comment la grêle et le tonnerre,
Les vents impétueux qui dévastent la terre
Et soulèvent les flots, se formaient dans les cieux ;
Comment lui parvenaient les filets radieux
De ce foyer brûlant qui, passant sur sa tête,
Circule autour du globe et jamais ne s'arrête.

La superstition viendrait prétendre en vain
Qu'un guide d'Israël (2), près des bords du Jourdain,

Pour raviver des Juifs la croyance insipide,
Arrêtât ce foyer dans sa course rapide.
Ce prétendu miracle est un fait controuvé :
Et comment, en effet, serait-il arrivé,
Puisqu'il est reconnu que la flamme immortelle
N'est que le résultat du gaz brûlé par elle,
Et que, par conséquent, pour accomplir le vœu
D'extermination fait par ce chef hébreu (3),
Il eût enfin fallu que ce gaz ignifère
Fût resté quelque temps sans bouger de la terre?

A cet âge premier, loin de nous refoulé,
L'esprit explorateur s'était peu révélé,
Caché dans les replis d'un organe insensible,
Immobile et captif, il dormait invisible,
Lorsque, par Prométhée, introduit dans les cieux,
Il ravit à Jupin un ferment de ses feux,
Et l'enfouit au fond d'un temple de la terre.
Ce ferment fécondé surgit du sanctuaire,
Et, se développant sur le globe animé,
Lui fit voir la grandeur de Dieu qui l'a formé.

C'est ainsi que le ciel, conquis par la science,
Ouvrit au genre humain son labyrinthe immense.

Qui, monté hardiment dans ses vastes contours,
Tenta de crayonner le majestueux cours
De ce foyer de feu devant qui tout s'incline.

« Chastes sœurs d'Apollon, filles de Mnémosine,
» Venez me rappeler ces hommes généreux
» Dont les pas abordant la profondeur des cieux,
» D'un élan que l'amour de la gloire déploie,
» Du dédale aérien nous tracèrent la voie.

» Sous quelle heureuse zône existent la cité,
» Le bourg et le hameau, le kiosque enchanté,
» Et le fleuve et le lac, et les rives fécondes,
» Qui virent ces mortels explorateurs des mondes?

» Est-ce dans l'Arabie, à la Chine, au Japon,
» Aux champs fertilisés par un épais limon,
» Vers les bords de l'Indus, aux sites de la Grèce,
» Au milieu des bosquets qu'arrose le Permesse,
» Sur le mont qui soutient les colonnes du ciel (4),
» Près du sacré tombeau du Fils de l'Éternel,
» Où de Pompée, enfin, César vengea les restes,
» Que sont nés ces plongeurs des régions célestes?

» Sur vos autels d'or pur et vos tables d'airain,

» Muses, vous me montrez, retracés au burin,

» En tête des savants du siècle d'Hérodote,

» Et le nom de Bélus et celui d'Aristote,

» D'Érastosthène, Hermès, Pline, Manilius,

» Héraclite, Aristarque, Eudoxe, Snellius,

» Frascator, Dionis, Ménélas, Archimède,

» Laugrénus et Platon, Messala, Cléomède;

» Ils sont suivis de ceux du sublime Buffon,

» De Gassindi, Képler, Gallilée et Newton,

» De Ticho, Copernic, Herschell, Delamétrie,

» De Laënsberg, de René, proscrit par sa patrie,

» Fontenelle, Lalande, Arago, Maupertuis,

» Qui des pôles sonda les bas-fonds applatis.....

» Mais quel rayon, partant d'une étoile enflammée,

» S'attache avec éclat au nom de Ptolomée!

» Ce rayon, qui descend du séjour des heureux (5)

» A travers l'épaisseur de la voûte des cieux,

» Ne démontre-t-il pas à notre intelligence

» Qu'en effet, élevé plus haut dans la science,

» Ptolomée a compris et mieux vu l'univers

» Que ne l'ont depuis fait ses émules divers.

» Faut-il que sa raison n'ait pas déduit la cause
» Pourquoi le ciel entier sur le globe repose ! »

Suppléons au défaut de ce que cet esprit
Circonvenu, peut-être alors, n'a pas écrit,
Et dévoilons le ciel aux nations surprises
D'avoir jusqu'à présent cru tant d'erreurs émises,
Tant d'arguments en l'air amoncelés sur lui,
Et tâchons de le mettre en sa place aujourd'hui.

N'importe qu'après tout contre nous on s'irrite,
Que nous soyons en butte aux traits de l'hypocrite ;
Qu'un nouveau Patouillet, de colère gonflé,
Nous appelle un rêveur, un relaps, un pelé,
Parce que, de nos pieds secouant la poussière,
Nous avons entrepris de sortir de l'ornière,
De pousser notre char hors de l'obscur sentier
Où vient se pavaner l'orgueil d'un cuistre altier ;
N'importe, disons-nous, qu'un moderne Nonotte
Sur son bouquin crasseux nous classe et nous annotte,
Comme un hérésiarque, ennemi de l'autel,
Déclinant de Jésus l'Évangile immortel,
Lorsque de nos versets l'on voit, à chaque page,
Au divin Créateur notre foi rendre hommage,

Proclamer sa puissance aux humains éperdus,
Comme le fondement de toutes les vertus,
Le principe moral de la grâce efficace (6),
Devant lequel tout cède et s'incline et s'efface.....

Qui pourrait le nier, il se montre en tous lieux,
Sur la terre, dans l'onde et planant dans les cieux?

Tout annonce, en effet, sa puissance et sa force,
De l'arbre qui végète il paraît sous l'écorce,
Au calice des fleurs où les filles du ciel
Vont puiser le nectar qui compose leur miel.
Ici, dans les accents craintifs de Philomèle,
Et le cri du faucon qui vient fondre sur elle,
Sa voix nous dit qu'un jour, condamnés à périr,
Nos yeux se fermeront pour ne plus se rouvrir.
Là, dans ce mur d'airain qu'a brisé le salpêtre,
L'atmosphère ébranlée a reconnu son maître,
Et le globe muet, sur ses angles divers,
Porte écrit qu'il existe un Dieu de l'univers
Qui change à chaque instant de forme et de figure,
Et fournit aux besoins de toute la nature;
Qui, pour flétrir l'orgueil, se fait un Massillon,
Et, pour toucher les cœurs, s'incarne en Fénélon (7).

Tel jadis, par Jonas, dans les champs de Ninive,
Il s'offrit aux regards de la nation juive,
Aux Grecs, sous Ténédos, par le grand Jéhova,
Aux Turcs par Mahomet, aux Indous par Brama,
Aux proconsuls romains par le Fils de Marie,
Qui, pour donner au monde une éternelle vie,
Et servir, en tous points, d'enseignement aux rois,
Voulut que tout son sang coulât sur une croix.

Qui sait si l'Eternel, dans ses grâces secrètes,
Abaissant devant nous l'espace et les planètes,
Afin que nous puissions les découvrir à tous,
Tels qu'il les a créés, n'a pas fait choix de nous!!!
N'aurait-il plus le don d'opérer des miracles,
Et de se révéler ailleurs qu'aux tabernacles,
Qu'aux prêtres de Memphis, aux trépieds d'Apollon,
Qu'à la Mecque, au Jourdain, aux temples de Memnon,
Ou de faire, à son gré, descendre enfin sur d'autres,
Qu'Elie et Salomon, Jésus et ses apôtres,
L'Esprit qui distingua ces sages dans leur temps?
S'il le peut! à quoi bon ces termes insultants,
Crier à l'athéisme et lancer l'anathème
Contre ce qu'a permis sa volonté suprême.

4.

Ministres des autels et des cultes divers,
Qui ne reconnaissez qu'un Dieu de l'univers,
Que vous adorez tous sous différents symboles,
Ici, sous un croissant, et là, sous des idoles,
En la force desquels vous avez pleine foi !
Souffrez que, dans ce jour, suivant une autre loi
Que vos rites abstraits, j'explique la sentine
D'étoiles parsemée, où l'on dit que Lucine (8),
Remplissant du destin l'irrévocable arrêt,
De son sein répandit quelques gouttes de lait.

Autrefois les païens, peuples presque sauvages,
Immolant à leurs dieux, sur d'incultes rivages,
L'étranger qui fuyait le glaive des tyrans,
Dans leur barbare soif d'holocaustes sanglants.
Et l'exaltation de leur zèle idolâtre,
Ces païens pouvaient voir ce lieu d'un ciel blanchâtre,
Qui ceint le firmament de son vaste cordon,
Comme l'effet du lait épanché par Junon.

Du paganisme ancien telle était la croyance,
Avant que Jésus-Christ, modèle de science,
Et plein de charité n'apparût aux Hébreux,
Rèn versant les trépieds et l'autel des faux dieux,

Pour y substituer le culte de son père,

De cet être inconnu qui m'inspire et m'éclaire,

Qui, voulant que le Ciel soit une vérité,

Et non un champ d'erreurs par l'orgueil exploité,

Vient me dicter ces vers sur l'uranique sphère,

Comme Apollon jadis inspirait ceux d'Homère

Sur les exploits d'Achille. Oui! c'est ce Dieu de paix,

Ce Dieu dont on ne peut ignorer les bienfaits

Que sa main nuit et jour répand sur la nature ;

Qu'en vain le scepticisme accuse d'imposture,

Qui m'apprend aujourd'hui que cet arc d'un fond blanc,

Immergé dans l'Ether, de l'est à l'occident,

N'est autre que le lit de nébuleuses voiles,

Où s'épand la liqueur qui forme les étoiles.

C'est ainsi que la terre et les profondes mers,

Couvertes des tissus de végétaux divers,

Détachés par le temps de leurs souches de vie,

Prouvent avec les cieux leur parfaite harmonie ;

Le même procédé d'élaboration,

D'ordre et de classement dans la production.

Enfin, si l'on dissèque avec un soin extrême,

L'organisme que Dieu (9) s'est imposé lui-même,

Dans la formation des objets différents
Qui frappent nos regards et satisfont nos sens,
Nous serons amenés à comprendre sans peine,
Que, puisque tout se touche et se joint et s'enchaîne
Dans l'univers connu, selon sa gravité (10),
Le solide noyau, le point de fixité,
Autour duquel s'étend la mobile matière,
Ne peut être, en effet, autre que notre terre,
Dont le sol fécondé par la chaleur des feux
Que lui verse, en son cours, l'astre brûlant des cieux,
Est le fond d'où jaillit la liqueur éthérée
Qui va se perdre au sein des filles de Nérée,
Pour en sortir ensuite, après un laps de temps,
Sous la forme d'un globe aux pourtours éclatants (11).

D'abord inaperçu dans sa terne enveloppe,
Ce globe, à sa naissance, échappe au télescope,
Et ne s'y montre enfin, qu'après s'être poli
Des subtils aggrégats dont il est tout rempli,
Et que, fût-il distant d'un million de stades,
De son foyer natal il reçoit des pléiades (12).

Ainsi, Mars, Jupiter et Mercure et Vénus,
Junon, Vesta, Pallas et Saturne, Uranus,

Que de graves savants, dans leurs erreurs profondes,
Et, par tradition, font passer pour des mondes,
Ne sont que des corps creux, pareils à des ballons,
Qui, selon qu'ils sont gros, petits, carrés, oblongs,
Et leurs flancs caverneux, bourrés d'une matière
Plus fine et déliée encor que la lumière (13),.
Sont allés prendre place et produire leurs feux,
Tels qu'on les aperçoit scintiller dans les cieux. (B)

    Et qu'on n'objecte pas que tout ce que j'avance,
N'étant point adopté, prévu par la science,
Et les hommes connus par leur célébrité,
Est radicalement imbu de fausseté,
Et que, c'est sans raison, attaquer la mémoire
Des doctes dont le temps a consacré la gloire,
Que d'aller rechercher dans leurs écrits fameux,
Des erreurs de calculs sur l'ensemble des cieux.....

    J'admire ces savants qui m'ont ouvert la voie,
Où mon esprit actif s'élance et se déploie;
Mais, en les admirant, je crois ne devoir pas,
Soit de près, soit de loin, me traîner sur leurs pas,
M'arrêter devant eux, puis les suivre à la piste,
Comme un compilateur ou comme un froid copiste.....

_____

(b) Voir la page 87.

Eh! pourquoi renonçant au fruit de mes labeurs,
De ces hommes fameux prendrai-je les erreurs
De leurs tracés des cieux, de la terre et des ondes,
Pour les seuls vrais tableaux figuratifs des mondes?

Qu'à Rivoir, Margotin, Lancelot, Bréauté,
Aux Trissotins du siècle ils soient autorité;
Que Malplaquet, Dubois, Pagès et Pomarède,
En citant ces grands noms ôtent leur couvre-tête,
Et, jusqu'au sol surpris de respects si profonds,
Qu'avec béatitude ils abaissent leurs fronts;
Je le conçois, chez eux, le nerf de la science,
C'est le seing d'un ministre, au bas de l'ordonnance
Ou du bref par lequel le pontife Darcas
Confère du génie aux gens qui n'en ont pas.

Quant à moi, qui ne suis dépendant de personne,
Et ne cours point chercher l'ordre de la Couronne,
Pour avoir une idée et former mon avis
Sur les traités des cieux, jusqu'à présent suivis,
Enseignés par les chefs de l'obscurante école;
Moi qui hais le clinquant trompeur de l'hyperbole,
Et ne m'éblouis pas de la fausse clarté
Des livres fastueux, écrits sans vérité,

Dussé-je sur le front m'attirer la férule
Des pédants brevetés dont la France pullule,
Tenant ferme contre eux, je soutiendrai toujours
Que tout ce qui se dit, en leur physique cours,
Touchant les cieux, la terre, est fautif, improbable,
Absurde, captieux, diffus, insaisissable,
Et qu'ils ne sauraient plus propager ces erreurs,
Sans passer pour des sourds ou pour des imposteurs.

Que dis-je, pour des sourds ; mais pour des fanatiques
Qui, suintant l'orgueil sous leurs larges tuniques,
Dans la chaire montés, battant l'air de leurs bras,
Veulent qu'on ait croyance en ce qu'ils ne croient pas,
Qui, pareils en tous points aux castrats d'Italie,
Et ne produisant rien quoiqu'ils en aient envie,
Se plaignent qu'on fait tort à leurs esprits boiteux
Quand on vante en autrui quelques talents heureux.

(B) Ce sont des diamants, dans l'espace semés,
En contraste avec ceux que la terre a formés,
Qui, paraissant au fond de la céleste plage,
Comme des vers luisants, épars sous le feuillage,
Ou des feux de bivouacs, vus de l'obscurité,
Lorsque la nuit arrive, étalent leur clarté.

Admirables produits de gaz et de lumière,
Qui ne rentreront plus dans le sein de la terre,
(A moins que notre globe engagé de nouveau
Sous l'immense épaisseur d'un vaste filet d'eau,
Et ne transmettant plus d'aliment aux étoiles,
Ne force un jour le ciel à sombrer sous ses voiles,
La lune et le soleil, demeurés sans appui,
Et privés de lumière, à descendre sur lui,
Accomplissant alors le sinistre présage
Du monde s'écroulant sous le faix de son âge.)

Un réseau cristallin, fait du rayonnement
De la chaleur mêlée au fluide élément,
Enveloppe et contient dans ses flancs inductiles
Ces rayons refroidis, qui, devenus fertiles,
Et poussant dans le ciel d'invisibles rameaux,
Sont venus l'éclairer d'innombrables fanaux,
Parmi lesquels, trois seuls, géants hermaphrodites,
Ont créés de sujets qu'on nomme satellites (4),
Qui, gardes avancés, circulent autour d'eux,
Tels qu'Arago les voit figurer dans les cieux.

Leur volume apparent, plus compact ou moins dense,
De leur orbe à la terre explique la distance.

Ainsi, Saturne et Mars, Jupiter, Uranus,
Plus gros et plus légers que Mercure et Vénus,
Tiennent au firmament un rang plus excentrique
Que ces derniers, placés au plan de l'Éclyptique,
Et qui, lancés tous deux dans un tourbillon d'air,
Parcourent leur orbite, aussi prompts que l'éclair,
Aussi rapidement que le raz des matières
Qui les tiennent tous deux engagés dans leurs serres.

En effet, Uranus, par sa position,
Pour parfaire et remplir sa révolution,
Dont on ne connaît pas encore la nature,
Est forcé d'employer plus de temps que Mercure,
Qui, voltigeant autour d'un soleil transcendant,
Et longeant l'Équateur de l'est à l'occident,
D'une course rapide, égale à la lumière,
N'a qu'un espace étroit pour fournir sa carrière ;
Un cycle raccourci, dont les angles carrés
N'ont de distance entr'eux que neuf à dix degrés,
Ayant du côté nord le tropique pour borne,
L'Équateur à son centre, au sud le capricorne.

L'air dense régulier, qui, des pôles glacés
Descend à l'Équateur de points tout opposés ;

Air qui frotte, en son cours, et les mers et les terres,
Pour monter, dilaté, vers les plages solaires,
Communique à Mercure aussi le mouvement
De circulation qu'il fait au firmament.

Cet astre est soutenu par les chasses centrales
Des fluides surgis des zônes tropicales,
Qui le font graviter vers le feu créateur;
Là, rencontré, sans fin par le rayon vecteur (15),
Dont la force résiste au flux d'air qui s'avance
De tous les côtés pleins de la circonférence,
Pour cerner le soleil; Mercure est contenu
Dans l'orbe qu'il dessine, en son cours continu.
Il circule au milieu de deux forces contraires,
L'une qui vient d'en bas, l'autre des feux solaires.
Ses oscillations, telles qu'on les décrit,
Et ses écartements, loin du soleil qu'il suit,
Duquel il se rapproche ensuite avec vitesse,
Naissent du tourbillon inégal qui le presse,
Qui lui fait prendre un cours, tantôt accéléré,
Tantôt impétueux, et là, plus modéré,
Enfin, du plus au moins de ces forces tenaces,
Qui, simultanément, frappent sur ses deux faces.

C'est ainsi qu'un vaisseau, jeté dans le courant
D'un large flot taillé par le double tournant
Du cylindre que meut une vapeur brûlante,
Rend évident aux yeux l'effet que je commente.

Le vaisseau fuit, poussé par les rames de fer
Qui s'engrainent d'un quart dans le sein de la mer,
Premier mobile point d'appui du corps solide,
Que la rame dirige à la surface humide,
Et pendant que ce corps vogue ainsi sur les flots,
Le mouvement du flux et du reflux des eaux
Qui battent ses deux flancs d'une force inégale,
Lui font suivre une ligne épicycloïdale (16).

C'est ainsi qu'un rouet, dans un cintre incrusté,
Et tournant sur son axe avec rapidité,
Par les effets du gaz (17) qui recherche une issue,
Fait palper à nos sens ce qui fuit à la vue.

Tel Mercure, poussé par les vagues de l'air
Qui montent avec force, à partir du cancer
Et du tropique sud, explique le problème
De sa rotation autour du feu suprême,
Et comment on le voit, ici, dessous Vénus,
En ligne du soleil, et plus bas, au-dessus (18).

Voilà comme en sondant à fond l'état des choses,
On parvient, à la fin, à découvrir les causes
Des effets étonnants qui fascinent les yeux.
Non, l'on n'a pas compris la structure des cieux,
Et dans tous les traités du monde astronomique,
Je n'ai vu jusqu'ici que de la polémique,
Où l'art prétentieux et gourmé du rhéteur
Tient lieu du vraisemblable et de la profondeur.

RENVOI DES NOTES.

(1) Cette force ne peut être que le feu dont les effets s'étendent sur la nature entière, et lui impriment tous les mouvements qui se produisent tant à la surface que dans le sein de la terre et dans les cieux.

(2 et 3) Josué.

(4) L'Atlas.

(5) De l'Empyrée, dernier grand cercle du ciel, selon Ptolomée.

(6) C'est-à-dire de ce qui est juste, honnête et beau; de tout ce qui mène à la vertu, et rend l'homme habile, intelligent, industrieux et capable.

(7) Le Verbe s'est fait chair, et il habita parmi nous, *et Verbum caro factum est, et habitavit in nobis.*

(8) J.

(9) La nature entière, dont nous sommes un composé plus rapproché de l'intelligence suprême, suivant le dogme du christianisme et les paroles de l'Evangile.

(10) Selon le système de l'auteur, qui n'admet aucun vide dans l'immensité de l'espace connu et visible, c'est-à-dire entre les différentes planètes télescopiques.

(11) L'enveloppe de ces globes peut représenter les plus vives couleurs, comme l'or, les rubis, les perles, les diamants, se couvrir aussi de mille dessins différents, comme les fleurs et les fruits de la terre; avoir des taches innombrables, des cavités, des protubérances et même des difformités; ce qui fait qu'ils brillent de plus ou moins d'éclat, quand nous les apercevons dans la nuit; qu'ici, ils jettent une lumière terne et nébuleuse, et là, une lumière éblouissante, comme l'étoile de Vénus et le Syrius, lorsque leur face unie et rayonnante se tourne du côté de la terre ou de l'observateur qui les guette.

(12) La voie lactée n'est pas la seule source d'où sortent les étoiles et les constellations, il y en a qui naissent au centre des petits tourbillons formés à la surface des couches de la matière superposée. Ces tourbillons, qui suivent le mouvement de cette matière, ont la propriété de la roue de verre de la machine électrique; ils attirent les fluides épars des couches inférieures qui montent et cherchent une issue par le milieu de l'axe du tourbillon où ils s'allument d'eux-mêmes et brûlent tant que le tourbillon existe, comme les gaz sortant des becs des réverbères. Si le tourbillon s'efface et disparait, l'étoile s'éteint, ne recevant plus d'aliment, et n'étant plus supportée à son centre de gravité par le tournoiement de la matière qui lui sert d'enveloppe préservatrice, et, en quelque sorte, d'habitacle. Ainsi, on peut dire, autant de tourbillons dans l'espace, autant d'étoiles formées qui disparaissent avec

les causes qui les ont produites. Les grands tourbillons dans
lesquels les planètes se meuvent, sont les mêmes agents créateurs de ces corps lumineux qui dureront autant de temps que
le soleil éclairera le monde.

Les comètes s'élaborent par les mêmes procédés; leurs queues
ne sont que l'effet de la résistance qu'éprouve la flamme ou la
fumée blanche qu'elles jettent dans la couche supérieure de la
matière où pénètre cette fumée à laquelle il est impossible de
suivre le mouvement des tourbillons qui emportent les comètes. Ces foyers de lumière s'éteignent, comme les volcans
de la terre, après avoir épuisé leurs gaz calorifiques, pour re-
paraître dans un laps de temps plus ou moins éloigné, et toujours dans les mêmes tourbillons incessants, au sein desquels
ils se reforment.

Ainsi, le ciel matériel est le vaste champ continu de diverses
substances superposées, où se forment les corps lumineux et
mobiles de toute grandeur que nous voyons briller au-dessus
de notre globe terraqué, lesquels n'ont pas besoin d'être séparés
par le vide, ni attirés et repoussés l'un par l'autre, pour se remuer dans l'espace et accomplir leur révolution autour du soleil.

(13) Un physicien a fait, en 1837, l'expérience de la mise
en bouteille de l'électricité lumineuse. Ayant construit un
ballon de trois pouces de diamètre, avec un col long de trente,
il l'a rempli de mercure et l'a renversé dans une cuvette pour
le vider. Le mercure descendit et se maintint à vingt-huit

pouces dans le col. Il ferma hermétiquement au chalumeau son ballon au-dessus du mercure, et obtint un globe avec un vide absolu. Il avait assujéti auparavant, sur un axe du globe, les pointes électriques qui reçoivent le fluide d'une pile galvanique placée dans un coin de son appartement.

Cette expérience démontre que toutes les planètes peuvent être remplies de rayonnements solaires de diverses couleurs, et avoir une enveloppe diaphane ou diaprée.

(14) Jupiter, Saturne et Uranus sont les seules planètes qui aient des satellites, non compris la terre.

(15) Ce rayon continu que le soleil jette sur Mercure, peu distant de lui, rayon qui a un peu divergé, a une puissance égale au poids de la planète, et balance la force du tourbillon de la matière qui le porte, venant de la terre, et lui imprime son mouvement circulaire.

C'est ici seulement qu'est applicable et peut s'exercer la force centrifuge des rayons vecteurs dont il a été parlé plus haut. Cette force agit de près, mais elle ne pourrait atteindre la terre, éloignée du soleil de 36 millions de lieues, ainsi qu'on le prétend.

(16) Ou de dérivation, tantôt à droite, tantôt à gauche.

(17) C'est-à-dire l'air dilaté par le feu d'un poêle quelconque, sur le plateau duquel on aurait posé un rouet de carton aminci, à petites bandes spirales, dont l'axe est fixé sur une pointe de métal.

En effet, l'air que ce feu dilate, poussé par l'air plus dense qui l'environne et le presse de tous côtés, s'élève en petit tourbillon invisible, dont la force ascendante, pareille à celle de la vis d'Archimède et de la colonne d'air qui frappe les ailes d'un moulin à vent, fait tourner le rouet.

Il en est de même de l'air raréfié des tropiques, qui monte au firmament, soulevé à sa couche inférieure, attenant à la terre et aux mers par le double flux de la matière dense qui descend des pôles.

Cette base de l'air dilaté par la chaleur solaire que la terre n'absorbe pas, et qui contient une quantité de gaz calorifique plus grande que dans une autre partie de l'espace, est affaiblie d'autant de rayons qui s'y sont imprégnés; ce qui fait qu'elle cède. De là sortent les moussons et les vents alisés, produits par le retour alternatif et régulier de l'air des pôles et du soleil à l'Equateur, à partir des régions où cet astre darde ses feux d'aplomb sur la terre.

Ainsi, l'immense chaleur des tropiques, à laquelle est dû le gonflement de la matière élastique, n'a rien de surprenant, lorsqu'elle force cette matière à chercher un passage qu'elle ne peut trouver qu'à l'endroit élevé des voies firmamentales, où commence l'atmosphère rosée du soleil et d'où ce qui n'est pas gaz combustible et dégagé de particules aqueuses se sépare en chemin et reflue vers les pôles.

Mercure passant, en circulant tantôt au-dessus, tantôt au-

dessous de l'astre étincelant, et soutenu du côté de la terre par le tourbillon de l'air et des fluides raréfiés qui montent vers l'atmosphère du soleil avec l'impétuosité d'une eau sortant d'une écluse de chasse ou d'une digue rompue, Mercure doit nécessairement suivre le mouvement de ce tourbillon ascendant, circonscrit entre les deux tropiques, en même temps que ramené par les forces réactionnaires des matières latérales et supérieures vers les rayons vecteurs où il se trouve placé, comme une barre de fer rouge entre deux roues cylindriques qui le serrent et le pressent également, il est emporté, en compagnie du soleil qui le suit à une distance longitudinale, plus ou moins rapprochée, ainsi qu'un corps flottant qui trace une épicycloïde sur un fleuve dont l'onde courante aurait sans cesse devant elle, soit à droite, soit à gauche et tantôt à son centre, un abîme ouvert et fugitif qu'elle s'efforcerait vainement de combler.

Herschell fils, dans son *Traité d'Astronomie*, Chap. VIII, a parfaitement démontré les évolutions apparentes de Mercure autour du soleil, et ses conjonctions avec Vénus. Toutefois, je ne suis point d'accord avec ce savant sur les élongations de ces deux planètes, que j'attribue à toute autre cause que celle qu'il a cherché à établir. La théorie copernicienne qu'il a adoptée l'a induit en erreur, tant il est vrai de dire que, quand on part d'un faux principe, toutes les inductions qu'on en tire sont également erronées.

Nous dirons maintenant, laissant de côté les forces d'attrac-

tion et de répuls'on appliquées à propos et hors de propos,
et souvent sans raison, au système révolutionnaire des astres,
que Mercure et Vénus tomberaient tous deux dans le gouffre
du soleil, quand ils sont en conjonction supérieure avec lui,
s'ils n'en étaient empêchés, non seulement par le mouvement
du tourbillon qui les retient en les emportant, mais encore
par les rayons vecteurs de ce grand luminaire, qui, en les repoussant, les maintiennent dans leur orbe circulaire par une
force expansive dont l'action excentrique balançant, à ce point
d'éloignement du soleil, la force des fluides qui arrivent de
toutes les parties de la circonférence, pour combler le creux
fugitif et continu que cet astre fait, est proportionnée à la gravité et à la distance respectives des deux planètes du centre
du foyer ardent.

Cette circulation de Mercure et de Vénus autour du soleil
qu'ils accompagnent forcément dans sa course diurne, à une
distance angulaire plus ou moins grande, en raison directe de
leur grosseur et de leur poids différentiel, ne blesse pas les
lois de la mécanique.

Le physicien expérimenté jugera si les mouvements que je
donne à ces deux planètes, circulant autour du feu céleste,
comme des mouches autour de la flamme d'une chandelle, la
course perpétuelle de ce phare lumineux autour du globe, à
une distance qui lui permet toujours d'éclairer la moitié de
la terre, ne sont pas cent fois plus simples, plus probables et

plus naturels que la rotation prétendue du monde sublunaire sur ses deux axes, et son entraînement elliptique, opérés quotidiennement par les rayons vecteurs d'un soleil immobile, qui viennent, affaiblis, la frapper à la distance énorme de 36 millions de lieues, lorsqu'il est avéré que ces mêmes rayons, arrivant sur le globe, réduits à leur plus petite expression, seraient à peine remuer le fil d'une toile d'araignée suspendu dans l'espace.

Quant aux élongations de Mercure et de Vénus, dont je viens de parler, en citant Herschell, ces élongations, qui ne sont autres que les distances réelles et obligées, résultant de l'aller et du retour périodiques de la gamme céleste d'un tropique à l'autre, sont dues à la force répulsive des rayons vecteurs, qui, lorsqu'ils s'approchent alternativement des tropiques du Cancer et du Capricorne, et ayant en face, sur leur chemin direct, soit l'une, soit l'autre planète, ou toutes les deux à la fois, contraignent celles-ci à accélérer leur marche de l'autre côté du soleil, où, parvenues, elles modèrent leurs courses, ainsi ralenties, jusqu'au moment où, recevant une nouvelle impulsion solaire, elles reprennent derechef leur mouvement accéléré.

Ainsi, lorsque le soleil s'avance vers le nord, les deux planètes qui le suivent dans sa course longitudinale, se trouvent, selon leur position, d'autant plus éloignées de lui du côté sud, qu'il est plus rapproché du tropique du Cancer, et du côté nord, quand l'astre est sur la limite du Capricorne.

C'est donc le soleil, et non Mercure et Vénus, circulant d'une manière régulière dans le tourbillon de la matière qui les emporte l'un et l'autre, qui produit réellement les élongations observées et décrites par l'auteur précité. (*Voir* son *Traité d'Astronomie*, Chapitre V, — *Des Lois du Mouvement.*)

Je vais prouver surabondamment, par des données algébriques, cette proposition que je crois avoir résolue d'une manière péremptoire.

Soit, A la colonne d'air qui descend du pôle sud, et B celle qui part du pôle nord. Toutes deux arrivent en même temps sous la zône tropicale. Là, réunies, elles forment la vaste colonne d'air dilaté qui s'élève vers les orbes inférieurs de Vénus et de Mercure. Je représenterai cette colonne, qui remplit un espace de 1125 lieues marines, à partir du sol, et qui va en s'élargissant vers le soleil par C; sa force ascendante sera en raison directe de sa dilatation, et les deux nombres A, B, multipliés l'un par l'autre, lui imprimeront une vitesse égale à la différence de leur poids respectif. Supposons que la pesanteur de l'air dense venu des pôles jusqu'aux tropiques, où, parvenu et ayant perdu en chemin un tiers de sa densité primitive, par l'effet de la chaleur solaire qui l'a dilaté, soit réduit à deux tiers, la rapidité de l'ascension de cet air sera donc augmentée d'autant. Or, si cet air en s'élevant ainsi avec les fluides gazeux dont il se sépare en partie, près ou passé la hauteur du disque solaire, rencontre Vénus et Mercure, peut-on douter qu'il n'emporte ces deux planètes dans leur ligne orbiculaire, comme un verre rempli d'eau posé sur la face interne d'un cercle de tonneau, l'est dans le mouvement de rotation que lui imprime la main de quiconque sait à quel degré il faut que la force d'impulsion soit portée, pour qu'elle puisse chasser un corps solide qui la reçoit. Telle est l'image, reflétée en petit, de l'orbe que décrivent Mercure et Vénus autour du soleil, en plus ou moins de temps, et qu'ont tracé les matières gazeuses qui se succèdent et s'approchent de cet astre pour combler le vide que l'ignition simultanée des fluides électriques, dispersés subitement en rayons dans l'espace, a laissé ouvert pendant quelques secondes.

Ces matières poussent évidemment Mercure et Vénus vers ce vide, où ces deux planètes paraissent à la distance que leur assignent les rayons vecteurs dont la force répulsive et incessante, à cette hauteur, est égale à la puissance de l'air raréfié qui vient de la terre sans discontinuité, et qui obéit au mouvement de rotation du soleil sur lui-même, dans le sens déterminé par les astronomes.

Sans cet air mêlé aux gaz nutritifs du soleil, et qui souffle sur ce dernier, en tournoyant, au moment où ces gaz s'embrasent dans un tourbillon de feu qui forme la face arrondie de cet astre et lui donne la clarté éblouissante qu'on ne peut fixer à l'œil nu, sans cet air, dis-je, qui revient à sa source par les pôles, il n'y aurait point de flamme céleste ; car le soleil, privé d'air, s'éteindrait comme un flambeau allumé qui en manquerait tout-à-coup, cesserait de brûler, et comme enfin, le cœur humain de battre quand il n'en respire plus.

Cette loi de là physique expérimentale, qui n'admet pas qu'un feu quelconque puisse subsister sans air, aurait dû faire réfléchir les partisans de la fixité du soleil, et leur faire comprendre que ce foyer lumineux, éloigné comme ils le prétendent de 36 millions de lieues de la matière atmosphérique qui seule peut lui faire obtenir l'éblouissante blancheur d'ignition dont l'éclat blesse nos yeux, ne pourrait la recevoir à une distance aussi énorme, surtout lorsque cette matière aurait à franchir un vide, et qu'il faut de toute nécessité revenir au système de Ptolomée, comme le plus conforme au progrès de la science positive et des idées rationnelles du siècle.

Ainsi, il sera désormais reconnu que la grande colonne d'air raréfié des tropiques, qui s'élève au firmament, chargée de gaz calorifiques qui servent d'aliment journalier au soleil, forme un cercle parfait ou tourbillon fugitif, au centre duquel roule le feu créateur ; que Mercure et Vénus s'y trouvent emportés à leur distance observée de l'un de l'autre ; que l'astre du jour, en tournant sur lui-même et par la force centrifuge des rayons vecteurs qu'il leur darde de si près, les maintient dans les limites de leur orbe, tout en leur faisant accélérer leur marche lorsqu'il s'approche d'eux, et qu'enfin ce résultat n'est dû qu'à son action continue sur la matière qui l'environne et le porte, et dont il se sert comme de leviers pour mouvoir les corps solides que cette matière soutient aux diverses hauteurs des voies firmamentales où ils se trouvent placés, suivant leur pesanteur spécifique, et non aux forces d'attraction et de répulsion dont on s'est emparé, faute de mieux et en désespoir de cause, pour rendre compte du mouvement des astres et pour étayer les systèmes incompréhensibles que je réfute.

Je ne terminerai point ce chapitre sans revenir aux tourbillons dont j'ai précédemment parlé et à propos desquels le philosophe de Ferney, dans ses questions encyclopédiques, a eu le tort bien grave de tourner en ridicule notre savant René Descartes qui les a découverts. Ces tourbillons ne sont point chimériques, ils subsistent de fait; ils sont de différentes espèces, comme les grands et les petits cercles de la sphère; ils naissent du mouvement et de l'agitation insolites, en sens divers, de la matière qui se rencontre et se heurte dans l'espace, et dont le choc invisible et éloigné de nous n'est jamais ou rarement fait de sorte à produire un temps d'arrêt complet, un repos immédiat. Toute la faute de René est de les avoir confusément décrits (quoique rien ne soit plus diffus) et basés sur une matière cannelée qui a pu troubler son génie transcendant.

Deux colonnes d'air se dirigeant l'une contre l'autre produi-

ront un commencement de tourbillon aux points de la tangente de leur cercle respectif qui en reçoit le choc. La masse
d'air la plus dense et la plus rapide fera tourner celle qui n'a
qu'une force d'impulsion modérée, et dont le poids est moins
grave. A forces égales, les colonnes d'air tourneront toutes
deux sur leur centre de gravité, jusqu'à ce que leur mouvement soit amorti par la force d'inertie à laquelle tous ces
corps tendent, c'est-à-dire quand le temps d'arrêt sera arrivé.

Là où il existe un foyer de chaleur et un centre de condensation voisins l'un de l'autre, il y a tourbillon plus ou moins
grand, ascendant, horizontal, oblique ou descendant. Les
trombes de mer et de terre sont des tourbillons, espèces de
jussans ou flux de la matière mobile tournant sur elle-même,
lesquels peuvent être aussi produits par la chute d'un corps
quelconque dans l'espace.

Les grosses planètes ont leurs tourbillons dans lesquels elles
se meuvent avec leurs satellites, emportés par la force centrifuge de la matière qui les enlace et les fait circuler autour
d'elles, sans que ceux-ci puissent s'en détacher, retenus qu'ils
sont, non par l'attraction, mais par l'affinité de cette matière
qui est de la même essence que celle des planètes principales
dont ils sont les ramifications naturelles. Tous, satellites et
planètes, obéissent à la suprême loi du grand mouvement si-
déral, imprimé par la course continuelle du soleil aux corps
solides ou éphémères qui voguent dans l'espace, n'importe le

5.

point de la circonférence firmamentale où ils se trouvent superposés.

Pour créer un tourbillon, il suffit d'allumer une chandelle et de la poser au milieu d'un appartement hermétiquement fermé. Tant que cette chandelle brûlera, il y aura autour de la flamme un tourbillon imperceptible d'air. Pourquoi? parce que la chaleur que cette flamme projette, réduite en rayonnements, affaiblit et dilate l'air dense qui la touche et l'environne. Cet air, rendu léger, cède en tournoyant à la continuité de pression de l'air dense éloigné qui arrive successivement au centre du feu de tous les points de l'appartement, à l'exception du point à travers lequel la fumée de la chandelle s'ouvre un passage vertical jusqu'au plafond qu'elle tache de sa noire vapeur.

Le refroidissement subit de la matière élastique dilatée, comme la vapeur condensée, transformée en nuage, les courants d'air qui se heurtent, les trombes d'eau qui s'élèvent à la surface des mers, produisent des tourbillons de localités qui ne s'annullent que quand leur force d'impulsion est épuisée ou amortie par la résistance de la matière qu'ils frottent.

Ces mouvements internes de la matière élastique qui se font sentir avec plus ou moins d'intensité, en raison de son volume, dans les parties inférieures de l'atmosphère et les régions qui avoisinent le soleil, expliquent l'immobilité des étoiles fixes, placées comme des vedettes à la frontière céleste. Les mouve-

ments continus et prolongés qui s'exécutent au-dessous d'elles
ne les atteignent pas, parce qu'elles en sont trop éloignées, et
que le couronnement de la matière supérieure qui forme l'ar-
cade élastique du firmament étant d'une épaisseur immense,
empêche ces mouvements de se communiquer au dernier cercle du ciel; et cela se conçoit par l'immobilité du globe que
n'ébranlent point les commotions souterraines et les éruptions
fréquentes des volcans.

(Un tangage aérien, semblable à celui qui a lieu dans les
mers à la suite d'une violente tempête, succède aux tourbillons arrêtés tout-à-coup, et l'air, devenu calme comme les flots
après l'orage, reprend son cours régulier des pôles à l'Equateur).

C'est encore là une de ces analogies frappantes qui démontrent virtuellement, sans le secours des chiffres, que les cieux
et la terre, reliés l'un à l'autre par une chaîne non interrompue de matières, ont les mêmes procédés d'élaboration, de con-
ception et de transformation; que le feu céleste est l'âme de
ces matières, comme il est le principe du sentiment, de la mémoire, de la pensée et de la variété des espèces, des généra-
tions, comme enfin il est l'agent direct du mouvement des
astres et des constellations, par le vide presqu'aussitôt formé
qu'ouvert qu'il prolonge circulairement dans les régions parallèles à l'Equateur, où, avant sa subite inflammation, il était
sous la forme matérielle du fluide électrique vermeil, dégagé

en grande partie des substances aqueuses et oxigénées dont les gaz sont tous plus ou moins imprégnés.

C'est ce vide que vient combler l'Océan des fluides gazeux qui arrivent de tous les côtés des deux pôles (en dérivant de l'est à l'ouest), comme les eaux d'un fleuve qui débouchent à la mer pour remplacer celles que les rayons solaires ont absorbées en masse dans les régions équinoxiales.

Les vents qui rasent et la terre et les mers, vulgairement appelés *vents du bas*, pour les distinguer des *vents du haut*, lesquels soufflent souvent en sens contraire (ce qu'on peut remarquer à la marche des nuages dont l'atmosphère est chargée), sont les résultats du tourbillon produit par la condensation de la vapeur et des courants d'air dont la force se renouvelle quelquefois et s'augmente souvent par le contact d'autres tourbillons qui les fouettent en leurs cours opposés.

Indépendamment de ces petits tourbillons éphémères qui naissent des conflits de l'air, de la chute de la vapeur condensée et du choc des nuages errants qui se rencontrent et ne s'unissent pas, il en existe deux grands réguliers connus qui dureront aussi longtemps que le soleil dont ils suivent le mouvement. Ce sont les tourbillons que s'étendent des pôles à l'Equateur, et des régions tropicales aux pôles, et dont le développement, pareil à la figure F, décrit une courbe convexe qui commence aux points supérieurs de l'atmosphère raréfié des tropiques, et aboutit du côté nord aux cercles horaires, et du côté sud, vers le signe de la dorade, où ils s'affaissent, en tournoyant, sur les deux axes de la terre qui les sépare, et d'où ils prennent leur direction vers les régions équatoriales par une déviation d'orient en occident, égale en vitesse à la rapidité de la course du soleil. (*Voir* la Figure E.)

Voilà pourquoi l'étoile polaire paraît fixe, quoique tournant sur elle-même. Elle est le pivot ou si l'on veut l'axe du grand mouvement des constellations qui se trouvent parallèles à son rayon orbiculaire, se prolongeant jusqu'au plan de l'Écliptique à la hauteur firmamentale qui touche à l'une des limites de l'orbe de Vénus. C'est là aussi où les deux tourbillons de l'air dilaté des tropiques, formant colonne en montant sous le soleil, se divisent pour se porter vers les pôles, après s'être séparés des gaz calorifiques plus légers, qui continuent leur ascension vers le lit de cet astre, où ils se déchargent, comme dans un réservoir, en attendant le retour de la flamme céleste qui doit, en partie, les consumer le lendemain à son passage, distant de sept à huit lieues de la ligne longitudinale qu'elle a parcourue la veille.

Ces tourbillons réguliers, nés de la ténuité de l'air des tropiques, poussé par le poids de l'air dense et glacé des pôles, résoud le problème du mouvement perpétuel de la matière mobile dont chaque hémisphère céleste est le champ immense, et les régions intertropicales le large cordon aérien de démarcation.

Le diamètre et l'étendue des cercles de ces deux grands tourbillons augmentent et diminuent, selon que le soleil avance
vers le nord ou marche vers le sud.

Ainsi, quand cet astre est à son zénith, observé au méridien
de l'île de Fer, au 28 juin, le tourbillon de l'air qui s'élève
alors, à partir du cancer, décrit un cercle moins étendu que
le tourbillon qui a lieu de l'autre côté et près de la ligne où
la raréfaction de l'air est moindre. Dans cette position relative, les tourbillons présentent les figures C, D. (*Voir la*
Planche.)

La différence que l'on remarque dans la forme de ces deux
tourbillons mis en regard l'un de l'autre, provient de la quantité d'air délié, plus grande alors au tropique nord qu'au tropique sud. En effet, cet air montant quand l'air austral s'a-
baisse ou s'arrête, doit nécessairement gagner en élévation ce
que le dernier y perd, par l'effet de la condensation graduelle
que l'approche du gaz frigorifique et la diminution de chaleur lui font éprouver. Quand le soleil est d'aplomb sur la
ligne, les tourbillons sont égaux en longueur et en largeur,
comme les jours et les nuits le sont pour leur durée, à quelque chose près.

Je comparerai ce mouvement régulier de forces égales, qui
se poussent et se repoussent alternativement, sans discontinuité, durant l'espace de six mois, des pôles aux tropiques,
au jeu du balancier d'une pendule posée en parfait équilibre,

que le poids d'un fil à plomb fait aller et venir avec la même vitesse, pendant un laps de temps plus ou moins long, en faisant toutefois remarquer que le grand moteur perpétuel (le soleil), qui n'a pas besoin d'être remonté comme le fil à plomb déroulé à fond, est d'une justesse de mécanisme et d'une égalité de forces continues dont rien n'approche, quels que soient d'ailleurs les retards que cet astre éprouve annuellement dans sa marche par les longs feux des gaz qui ne peuvent se purger totalement de la matière incombustible dont ils sont chargés au moment où, versés dans l'atmosphère rosée du soleil, ils sont dévorés par le feu qui les atteint en courant.

L'ancien système du monde, ou plutôt la théorie copernicienne, commentée par Herschell fils, attribue ces retardements à la rotation diurne de la terre, et les compense par une accélération ultérieure, qui, selon le même Herschell (art. 200 de son *Traité d'Astronomie*, Chapitre III. — *Des Vents alisés*), provient du frottement de l'air des pôles contre la surface du globe ; mais il est plus rationnel de les rapporter au soleil, dont la révolution périodique, telle que je la présente, peut être avancée ou retardée par les causes éventuelles que je viens de signaler, et surtout aux époques des 28 juin et 26 décembre, où ses mouvements d'aller et venir doivent, de toute nécessité, subir deux temps d'arrêt semestriels, comme le flux et le reflux de la mer en marquent quatre en vingt-quatre heures, tandis qu'au contraire, la terre marchant dans son orbite prétendue elliptique, n'a vraiment rien qui puisse justifier le temps moyen qu'elle met (selon la théorie copernicienne) à fournir sa carrière en 365 j. 5 h. 48' 51", plus ou moins.

En effet, dès l'instant où l'espace qu'elle est censée parcourir est connu, et qu'elle n'y doit rencontrer aucun obstacle extraordinaire ou une résistance plus forte dans un endroit que dans l'autre, comment se ferait-il qu'elle ne roulât pas toujours avec la même vitesse, en admettant qu'elle soit poussée par cette uniformité de forces que les uns ont appelées *centripètes*, les autres *centrifuges* ou gravitation universelle, et plusieurs astronomes, rayons vecteurs; forces dont j'ai déjà démontré l'impossibilité d'action sur le globe terrestre, au Chapitre des *Causes réelles du mouvement des Astres?*

DU TEMPS MOYEN, COMPARÉ AUX HORLOGES.

Quand le soleil quitte la ligne équinoxiale pour marcher vers l'un ou l'autre tropique, il avance sur le temps marqué des horloges, parce que son orbite se rétrécit au fur et à mesure qu'il approche des petits cercles polaires. Il retarde, par la raison contraire, sur les horloges réglées sur lui en mars et en septembre, lorsqu'il retourne à l'Equateur, où sa course diurne est plus développée et s'élargit de toute la profondeur du diamètre des grands cercles.

Ainsi, les jours les plus courts sont ceux des 21 décembre

et 21 juin, époques où le soleil, arrivé aux limites des tropiques, accomplit sa révolution annuelle. La différence des cercles parcourus par le soleil, produit le temps moyen observé par les horlogers.

Ainsi, le mouvement diurne de l'astre est plus ou moins long, retarde ou avance dans les vingt-quatre heures données à sa course quotidienne autour du globe, en raison de la grandeur ou de la petitesse des cercles célestes qu'il parcourt dans l'année.

Il sera donc posé pour règles définitives des temps comparés des mouvements diurnes du soleil et de l'aiguille d'une horloge exacte, que le soleil avancera de tant soit peu sur l'horloge réglée la veille, le lendemain du jour où il aura dépassé l'Equateur pour aller vers l'un ou l'autre tropique, et que l'horloge avancera sur lui, lorsqu'il retournera à l'Equateur, après avoir quitté la limite des tropiques.

Le calcul différentiel peut être établi à quelques secondes près, en prenant pour base le temps complet de la révolution annuelle de l'astre, lequel temps se compose du double passage de ce foyer de feu à l'Equateur, et de son retour régulier à son point de départ des tropiques, qui sont les bornes firmamentales nord et sud, assignées à sa course périodique.

(18) Lorsque les conjonctions supérieures et inférieures ont lieu.

CHAPITRE V.

PHÉNOMÈNE DE LAGRÊLE.

QUESTION PROPOSÉE PAR L'ACADÉMIE DES SCIENCES, DANS SA SÉANCE PUBLIQUE DU 26 NOVEMBRE 1832, ET REMISE AU CONCOURS POUR 1834.

———————

Le vrai Phénix qui renaît de sa cendre, c'est la Nature entière, constamment en travail, et dont les productions variées sont les résultats des divers changements qu'elle subit dans quelques-unes de ses parties par l'action continue de la chaleur, du froid et du temps.

PHÉNOMÈNE DE LA GRÊLE.

Quelle est cette matière invisible et mortelle,
Dont l'approche fait fuir la légère hirondelle,
Et qui, suivant de près les autans déchaînés,
Vient couvrir de verglas, nos champs abandonnés,
Au contact de laquelle, en son lit immobile,
Le fleuve voit son onde engourdie et stérile ?

Quelle est cette substance, opposée en vertus
Aux feux que le soleil a sur nous répandus,
Et qui, dès que cet astre au midi se retire,
Sur le sol boréal établit son empire.

Jusqu'aujourd'hui sur elle on n'a rien agité (1),
Cependant sa présence est un fait constaté ;
Elle existe, on la sent, et son toucher de glace
Nous avertit assez qu'aux cieux elle tient place ;
Qu'elle y règne, selon sa puissance et son poids ;
Qu'ainsi que la chaleur et l'air, elle a ses lois,
Et que, pour tempérer l'ardeur du feu solaire,
Son concours glacial au monde est nécessaire.

« Émules de Linnée, observateurs profonds,
» Philosophes diserts, érudits de salons,
» Géomètres exacts, phénix d'intelligence,
» Et vous, représentants de la haute science,
» Qui, blottis dans le fond de vos fauteuils soyeux,
» Embrassez d'un coeup-d'œil l'immensité des cieux,
» Expliquez-nous d'où sort cette essence de glace,
» Qui vient, après l'automne, occuper notre espace ;
» Et pendant quatre mois le transforme en désert,
» Incessamment de neige ou de givre couvert ?

» A cette question qui ne peut vous confondre,
» Si vous restez muets, pour vous je vais répondre,
» Et si le dieu des vers seconde mon ardeur,
» Peut-être le ferais-je avec quelque bonheur. »

Eh bien! cette matière est un air vif, immense,
Amortissant les feux du soleil qu'il balance,
Et comme la chaleur qui s'infiltre partout,
Il entre dans la pierre et souvent la dissout.

Son action sur l'eau fait un effet contraire
A celui que produit le jet du feu solaire.
Ce dernier la dilate et le froid la durcit ;
L'un la change en vapeur, et l'autre l'épaissit,

Selon que son volume est plus ou moins intense ;
Selon que l'un plus fort exerce sa puissance.

Mais enfin d'où vient-il ce froid que le soleil
Peut à peine expulser de son orbe vermeil ?
Quelle est sa région ? où règne-t-il en maître ?
Dans quel cercle du Ciel peut-il, en effet, être,
Et comment sur le globe, en givre permuté,
Pénètre-t-il le fer par sa ténuité (2) ?

Vers les confins de l'Ourse, où l'étoile polaire,
Tournant sur son pivot, reste stationnaire,
Où tout semble dormir d'un éternel sommeil,
Et recevoir en vain les rayons du soleil ;
Au-dessus des deux mers, tout couvertes de glaces,
Qui menacent le Ciel de leurs épaisses masses,
S'élève par degré, l'air anti-végétal,
En sa force expansive à la chaleur égal.

Permuable aggrégat de l'essence première (3),
Qui donne le génie et féconde la terre ;
Tour-à-tour il devient, dans l'espace élancé,
Élément lumineux et fluide glacé.

L'astre pâle des nuits est le grand réceptacle
Où ce fluide errant, parvenu sans obstacle,
Se concentre, intégré par le souffle du temps,
Et d'où sortant bientôt en traits outre-piquants,
Éloigné d'un soleil faible et sans énergie,
A tout ce qui végète il court ôter la vie.

Ainsi, lorsque Blanchard voltigeant dans les airs,
Pour explorer le sein du céleste univers,
Fut porté par le gaz au bord de la limite
De l'orbe que parcourt l'opaque satellite,
On sait que tout-à-coup, par le froid arrêté,
Atteint et morfondu par son aspérité,
Force lui fut, pour fuir une glace mortelle,
De laisser promptement couler bas sa nacelle.

Blanchard, dont le nom seul prouve un homme de cœur,
A déjà précisé le cercle et la hauteur,
Où les rayonnements de la chaleur solaire,
Parcourent, congelés, l'orbe de l'atmosphère.

Non moins entreprenant, Garnerin à son tour,
A dit ce qu'il a vu dans les plaines du jour,
Et tous deux sont d'accord sur la température
Des régions où l'air condense le Mercure.

Il faut tenir pour vrai ce qu'ils ont rapporté
Sur le gaz glacial et son intensité,
Dans les cercles du Ciel, peu distants de la terre,
Où se forment les vents, l'orage et le tonnerre.

Disons que si ce gaz, produit de la chaleur,
Rencontre dans son cours la liquide vapeur,
Ou qu'un nuage errant la touche à son passage,
Une mêlée entre eux tout aussitôt s'engage,
Et l'onde qui devait arroser nos vallons,
Combinée à ce froid, se transforme en grêlons.

C'est ainsi qu'au lever de la brillante aurore,
En solstice d'hiver le glaçon s'élabore,
Durci par le contact incisif de ce gaz
Dont la vertu bénigne est changée en verglas (5).

Mais comment, dira-t-on, ce résultat s'opère?
C'est peu que d'en fournir un aperçu sommaire;
Il faut à l'Institut, pour décerner son prix
Sur cette question, un plus ample précis;
Il faut lui révéler, par quelle œuvre soudaine,
S'engendre et se produit l'important phénomène
Dont l'explication est encore à donner;
Il faut lui désigner, fixer, déterminer

6

Les saisons et l'instant du jour où l'on présume
Que le grêlon acquiert son énorme volume (6).

Eh bien! je vais tâcher de répondre à ses vœux,
Et de résoudre, enfin, ce problème des cieux.

J'ai dit précédemment que la métamorphose (7)
De la chaleur en froid était l'unique cause
Des mouvements des cieux; que ses rayonnements
Conservaient leur vertu sur tous les éléments;
Que nul corps, quel qu'il fût, léger, mobile ou dense,
N'échappait aux efforts produits par sa présence;
Que sa force agissait et pénétrait partout,
Dans l'eau qu'elle durcit, dans l'or qu'elle dissout.

Appliquant ce principe à l'obscur météore
Dont la construction est un mystère encore,
Je vais prendre le jour où les feux du soleil
Paraissent à nos yeux dans tout leur appareil;
Où ses rayons directs, traversant l'atmosphère,
Sans intersection arrivent à la terre.

Sous un berceau de fleurs Vertumne est retiré,
Et l'air chaud fait languir l'anémone doré.

Dans le bas fond fangeux de la forêt prochaine,
L'énorme sanglier s'accroupit ou se traîne ;
Et les chiens haletants, à l'ombre de l'ormeau,
Au signal du berger ont conduit le troupeau,
Par les feux continus que le soleil leur darde,
Les ruisseaux sont à sec et le sol se lézarde.

Que va-t-il advenir de ce calme de l'air ;
Du repos suffocant d'un Ciel serein et clair ;
Qui, flétrissant le thym sur ses tiges vermeilles,
Fait craindre la disette au peuple des abeilles !

Tout-à-coup un point blanc paraît à l'horizon ;
L'air se meut, le vent sort de son inaction ;
Dans l'espace troublé la vapeur se condense,
Le nuage se forme, il grossit, il s'avance (8).
Le vent qui, l'instant même, était mou, sans vigueur,
Est passé, déchaîné, du calme à la fureur ;
Il rugit, et des flots d'une épaisse poussière,
Surgissant des chemins, ont débordé la terre
Et voilent les sillons. Les arbres agités,
Sous les coups du tonnerre au loin repercutés,
Inclinent vers le sol leurs cimes voletantes,
Et le serpent s'enfuit sous des ronces rampantes.

Quel pouvoir, employant un levier désastreux,
Est venu rompre ainsi l'équilibre des cieux (9);
Et dans un temps moins long que cinq mille secondes,
Bouleverser les airs et soulever les ondes!!!

Le gaz condensateur, du pôle descendu,
Développant les fils de sa froide vertu
Sur la matière aqueuse, éparse dans l'espace,
A produit ce chaos par son filtre de glace (10).

Dans son cours régulier du pôle à l'Équateur,
Cet agent, en effet, a saisi la vapeur
Qu'un ciel brûlant, semblable à celui du tropique,
A porté au-delà de l'orbe atmosphérique (11),
Et comme l'alcool qu'un charbon animal
A rendu diaphane, aussi clair que cristal,
En blanchâtre couleur, subitement se change,
Au moment où de l'onde il reçoit le mélange;
De même, l'élastique et légère vapeur,
Subissant le contact du gaz congélateur,
Immédiatement et se trouble et s'affaisse,
Devient blanche d'abord, puis givre ou brume épaisse,
Et c'est dans ce travail de transformation (12),
Qu'elle passe du givre à l'état de grêlon.

Maintenant qu'il est né, suivons ce météore,
Qui ne peut être, en fait, qu'un embryon encore,
Qu'un fœtus de grésil, grandissant par degré,
Au milieu des brouillards dont il est entouré ;
Suivons-le dans la nue où déjà son corps dense,
Cimenté par le froid, se roule et se balance
Dans la neige que perce un soleil éclatant (13).
Sa forme jusqu'ici n'a rien d'inquiétant :
Ce composé n'a pas la grosseur dangereuse
Qui va rendre plus tard sa chute désastreuse ;
Par la chaleur encore il peut être dissout,
Puisque le froid dans l'air n'est pas égal partout (14),
Et qu'en effet, ce corps, en s'ouvrant un passage,
Doit se fondre, introduit dans un tiède nuage,
Où se vaporiser, en son cours balotté (15).

Lussac, à ce sujet, n'a-t-il pas attesté
Que passé la hauteur de la plage céleste,
Où, suivant son rapport, le froid se manifeste,
Son ballon pénétra dans un cercle du Ciel,
Exempt et dégagé du fluide mortel ?
Que là, des rumbs d'airs doux, pareils à ceux de terre,
Mollement soulevaient sa nacelle légère,

Et que, plus haut, un froid intense, rigoureux,
Insupportable, enfin, envahissait les cieux.

Du célèbre savant cette donnée explique
Le variable cours du gaz frigorifique,
Et comment le grésil, voltigeant dans les airs,
Et tour-à-tour frappés par d'éléments divers,
(La chaleur et le froid) peut grossir ou se fondre...
Des faits de la nature, on ne saurait répondre,
Comme un fruit le grêlon peut couler, avorté.

Cependant dans sa chute il n'est point arrêté.
Des hautes régions de l'humide atmosphère
Que la force du froid a changée en glacière,
Et dont, partie inerte, il suit le mouvement,
Entraîné par son poids, sur le globe il descend ;
Mais comment tombe-t-il? est-ce en ligne spirale,
Ondulente, angulaire, oblique ou verticale,
Qu'il traverse la nue, et parvient au niveau
De l'arc atmosphérique où gît l'Océan d'eau,
Dont les flancs vont s'ouvrir pour submerger la terre,
Au bruit retentissant des vents et du tonnerre?

Tels que ces grains de sable, enlevés aux déserts
Par l'ardent simoon échappé de ses fers,

Ou comme ces galets que la fureur de l'onde
Détache avec fracas d'une rive inféconde,
Pour les jeter au loin sur un bord habité,
En des flots de brouillards n'est-il pas emporté?

Ne circule-t-il point dans une brume épaisse
Qui s'enfonce d'abord, s'élève, puis s'abaisse
Pour remonter encore au céleste séjour,
Et redescendre, enfin, pour tomber sans retour?

Les rumbs de vent du haut (16) dont le souffle rapide
Augmente à chaque instant que l'espace se vide,
Se purge de grésils dont ses flancs sont remplis,
Ne les roulent-ils pas enlacés dans leurs plis,
Dans les fils ondoyants de leur trombe aspirante (17)
Jusqu'à l'heure arrivée, où, brisant la tangente
Du cercle nébuleux qui les tient engagés,
Ils frappent, faits grêlons, sur nos champs ravagés?

Et les feux du soleil, en lutte continue
Avec l'air glacial immiscé dans la nue (18),
Qui frémit au contact de ce double élément,
N'en retardent-ils pas le développement
Et la formation au centre du nuage?

Quel génie, abordant ce diffus ballotage

De grêlons colportés dans les trombes de l'air,
D'un crayon pittoresque, aussi docte que clair,
Stimulé par la gloire et fervent dans son zèle,
En viendra retracer la figure fidèle,
Et la main sur le cœur, s'annoncer assuré,
En faisant ce tableau de n'avoir point erré,
Et de n'avoir pas pris dans l'objet qu'il expose,
L'ombre pour le rayon, et l'effet pour la cause.

Pour moi, je le confesse, il me paraît douteux
Qu'on puisse jamais bien saisir ce mal des cieux,
Ce trouble partiel de l'air atmosphérique ;
C'est que rien, en effet, n'est moins géométrique
Que cet enfantement spontané du grêlon
Qu'entreprendrait en vain d'expliquer un Buffon (19).

RENVOI DES NOTES.

(1) Depuis la composition de ce chapitre, l'Académie des Sciences en a fait le sujet d'un concours public. La question n'a pas été résolue, elle ne pouvait l'être; car elle était une de ces questions de fait occulte, dont la solution n'appartient qu'à Dieu.

(2) Cet élément, qui n'est autre que les rayonnements de la chaleur solaire, changés en froid, c'est-à-dire en acide carbonique dilaté, n'a point d'orbe assigné dans l'immensité de l'espace. Essentiellement volatil, mobile et infatigable, il parcourt le Ciel sans discontinuité, comme le fluide électrique, s'attachant à la matière qui lui sert de fil conducteur, qu'il anime et détruit tour-à-tour.

Le frottement et le mouvement des corps solides l'attirent et le fixent jusqu'au jour marqué par le temps, pour son dégagement de ces corps et son retour au foyer du soleil.

(3) Les mers des pôles.

(4) Le feu.

(5) Les résultats comparés de cette métamorphose ne sont pas les mêmes; le glaçon, rendu plus léger que l'eau par l'union intime du gaz congélateur, surnage à la surface de cette dernière, tandis que le grésil, plus dense que l'air atmosphérique et les brouillards qui l'environnent, se précipite vers la terre.

6.

(6) Les orages porte-grêle sont plus fréquents en été qu'en toute autre saison de l'année. Quand le nuage, qui doit recéler le grêlon élaboré par l'acide carbonique, se montre plus ou moins élevé sur l'horizon, c'est ordinairement de onze heures du matin à trois et quatre heures du soir, et à la suite de plusieurs jours d'un soleil dardant. Ces orages ont lieu quelquefois dans la nuit, rarement le matin.

C'est une remarque que les personnes qui habitent la campagne sont à portée de vérifier. Quelles que soient, d'ailleurs, l'énormité des grêlons, les époques des saisons et les heures du jour dans lesquelles on les observe, ces météores ne peuvent provenir que des causes physiques développées dans cet ouvrage.

(7) Le froid glacial n'est ni le produit de l'évaporation, ni de l'électricité, comme on le prétend; il résulte des rayonnements de la chaleur solaire divisés à l'infini, lesquels s'accumulent et se concentrent dans un espace quelconque, où l'air atmosphérique est rare. La lune en est l'organe générateur, comme le soleil est le vaste foyer de la chaleur; c'est le même agent avec des qualités différentes, qui échauffent et engourdissent la matière; qui créent et tuent; qui constituent la pensée, ornent la mémoire et forment l'intelligence ou l'instinct des êtres qu'elles douent de diverses sensations, telles que le plaisir et la peine, la joie et la douleur, la force et la faiblesse, la vertu et le vice. C'est le dieu du paganisme et le

Protée de l'Olympe. Il devient nutritif dans l'épi de Cérès, odorant dans la fleur, délétère dans la ciguë. Il représente le principe du bien et du mal.

Dans Démosthènes et Cicéron, c'est l'éloquence ; dans Benjamin-Constant, Mirabeau, Barnave, Foy, Manuel, c'est l'amour de la patrie ; dans Napoléon, ce sont tous les genres d'héroïsme et de magnanimité ; dans saint Vincent de Paul, la charité chrétienne ; dans Catilina, B......., R....., M..... G....., la trahison et l'apostasie ; dans Cartouche et Mandrin, Lacenaire et Bastide, la Brinvilliers et Marie Capelle, l'assassinat et l'empoisonnement joints au vol. Ici, dans Massillon, Bossuet, Bredaine, Fénélon et Fléchier, c'est l'esprit saint de la chaire sacrée ; là, dans Spinosa, tous les doutes, comme dans Thersite, c'est la lâcheté personnifiée.

Ainsi, le froid et la chaleur ont les mêmes pouvoirs transcendants sur toute la nature qu'ils subjuguent et dominent par le nombre. D'un côté, c'est Oromazès ; de l'autre, c'est Arimane, ces deux génies opposés, qui partagent l'empire du monde avec le Temps qui les accueille et les repousse. Ce dernier, joint à eux, forment la trinité des siècles, également d'accord pour créer et détruire. Les trois Parques de l'antiquité en sont l'image païenne, et le Père, le Fils et le Saint-Esprit, l'expression apostolique.

Donc le froid n'est autre que les rayonnements de la chaleur, changés de nature au sein du satellite de la terre, s'y fortifiant par sa quantité et occupant, en deux égales portions, aux pôles nord et sud, autant d'espace que les rayons solaires en tiennent à l'Equateur sous un ciel matériel continu en longitude, et borné en latitude au 25e degré, c'est-à-dire aux deux tropiques, où la chaleur peut monter à 45 degrés et plus, comme le froid aux pôles, descendre à pareil nombre au-dessous de zéro.

(8) Je suppose que le vent vient de l'ouest-sud-ouest par l'effet des ouragans du tropique du Cancer, qui lui ont fait prendre cette direction ; ils sont arrêtés à la partie basse de l'atmosphère, amortis par la résistance de cette dernière, qui lui oppose son courant d'air régulier, descendu du pôle arctique. Pendant qu'un calme plat règne sur la terre, et que la chaleur s'y fait sentir à un degré suffocant, la partie élevée du nuage vogue encore, poussée par les rumbs de vent supérieurs, qui, loin d'avoir perdu de leur force, en acquièrent une nouvelle au fur et à mesure que cette partie de la nue s'affaisse ou disparaît devant eux.

Dans cet affaissement de la vapeur condensée que bouleversent simultanément le gaz frigorifique, les rayons du soleil et le vent, il est impossible qu'il ne sorte pas de petits tourbillons de brouillards, de givre ou de neige, dans lesquels, atteint par le froid, le grêlon s'élabore et se forme.

(9) L'équilibre des cieux ne peut exister qu'à ses extrémités, c'est-à-dire à la région des étoiles fixes. Dans les cercles infé-

rieurs où roulent les constellations et les planètes, la matière
étant toujours en mouvement par les effets de la dilatation et
de la condensation, rend son équilibre impossible.

Ainsi, le mot *équilibre* est mis ici pour exprimer un temps
d'arrêt produit par deux courants d'air opposés, égaux en
forces, qui se balancent et prennent ensuite une nouvelle direction, dans le sens déterminé par leur entraînement ou la
pondération de la matière placée au-dessus d'eux.

(10) La vapeur, condensée par le fluide glacial, paraît former à l'horizon un point nébuleux, grossissant à mesure qu'il
s'avance dans l'asmosphère qui le soutient à la même distance
de terre, jusqu'au moment où, devenu plus compacte, et par
conséquent plus lourd, il n'ait plus d'autre alternatif que de
couler bas à son centre de gravité, ou de se décharger aux extrémités du nuage vers lesquelles il est entraîné et jeté, tantôt
par son poids, tantôt par le vent.

(11) La vapeur peut aussi se trouver atteinte dans l'espace
qui la contient, et frappée par un mouvement rétrograde du
fluide glacial descendu du pôle, et qui aurait été refoulé au
nord-est et sud-est par les vents issus des ouragans des tropiques, où, parvenu, il aurait conservé une partie de son intensité frigorifique.

(12) La contraction des molécules aqueuses que la puissance
du gaz congélateur a rapprochées, ayant donné de la densité
à la vapeur, devenue ainsi plus lourde que l'air atmosphéri-

que qui la soutient, doit nécessairement produire un commencement d'agitation ou de bouillonnement d'une partie de la matière condensée, lequel va, en augmentation, jusqu'au moment où les parcelles voltigeantes de cette matière, emportées dans une infinité de petits tourbillons ou syphons imperceptibles qu'elles ont formés et qui, s'annullant l'un par l'autre, se fondent enfin en un seul, dont le développement, visible à l'œil nu, opéré par le souffle du vent qui le pousse sous les traits incisifs du froid, est l'annonce de l'arrivée prochaine des plus gros grêlons, que les bords abaissés du nuage qui se vide par-là, sèment alors, en marchant, avec une profusion accablante sur le sol dévasté.

(13) C'est en traversant dans toute son épaisseur une montagne de brouillards, de givre ou de neige, qui, en s'affaissant, s'adhèrent et s'incrustent au grésil, que ce corpuscule, jeté dans les vagues tournoyantes de ces matières confuses, acquiert, par gradation, et quelquefois spontanément, l'énorme volume remarqué, lorsqu'il tombe à terre. Voilà pourquoi sa couleur est d'un blanc d'albâtre mat, et sa forme semblable à celle d'un œuf de poule, tandis qu'elle serait claire et transparente comme la glace d'un ruisseau limpide, gelé dans une nuit d'hiver, s'il pouvait être le produit immédiat de grosses gouttes d'eau évacuées du nuage, à l'instant où ce dernier, ébranlé par la détonation de la foudre, crève sous le faix dont il est chargé.

Il est donc évident que c'est dans les couches supérieures de l'atmosphère, où la vapeur, atteinte par le gaz frigorifique, se condense d'abord, puis se resserre et se résoud en une brume légère imperceptible, ici en givre, là en neige, plus loin en brouillards épais qui se roulent les uns sur les autres, par l'effet des rayons solaires, du vent et de la réaction de l'air, combinés, que le grésil se pétrit, se noue et se cristalise, et non après sa sortie du nuage, ainsi que le prétendent des savants distingués, qui n'ont pas calculé qu'à la hauteur de l'atmosphère d'où ce nuage, par un mouvement de bascule, laisse couler sa charge, la chaleur renvoyée de terre préservait, en été, la goutte d'eau de toute congélation.

Je viens de soutenir que la neige concourait à la construction du grêlon. En effet, si l'on veut bien se porter en esprit à la hauteur de l'atmosphère où la vapeur est condensée par le froid qui la traverse, et ensuite faire attention à la blancheur de la matière qui couronne le nuage (blancheur qui ne peut provenir que de la conversion de la vapeur en givre ou en neige), on sera amené à conclure que le grésil, plus petit à sa naissance qu'un grain de sable, doit de toute nécessité s'unir aux particules de cette neige qu'il touche en descendant lentement de la région où il est né.

On concevra aussi que ces particules qui lui servent en quelque sorte de langes flottantes, doivent d'abord le soutenir, le balancer dans la nue, se replier sur lui, et, semblables à la

feuille d'arbuste dont l'insecte s'enveloppe, l'entortiller et l'é-
treindre successivement, jusqu'à ce que, devenu grêlon, et parvenu au maximum de sa grosseur, en roulant rapidement à
travers les brouillards qui s'adhèrent à sa superficie, comme
le suif aux mèches de chandelles, retirées promptement de la
chaudière bouillante, il s'échappe du nuage, entraîné non
seulement par son poids, mais encore lancé par les forces réunies de cohésion et d'impulsion de la matière qui le chasse.

Ainsi, cette espèce d'aérolithe ou bolide sera gros ou petit,
1° selon le temps qu'il aura stationné dans la couche ambu-
lante et vaporeuse de l'atmosphère envahie par le froid ;
2° selon la quantité des matières aqueuses, de givre ou de
neige dont il se nourrit ; 3° selon l'intensité continue et pro-
gressive du fluide frigorifique ou de l'acide carbonique qui l'a
créé dans le sein de la nue ; 4°, et en raison de la durée du
tourbillon descendant, qui l'amène au bord inférieur du nuage
d'où il se précipite sur la terre.

On doit craindre une grêle battante, forte et désastreuse,
quand la nue qui la renferme présente un flanc noir, étendu,
épais et sillonné d'éclairs, et lorsqu'avant le roulement du tonnerre, précurseur du grêlon, la chaleur du jour est suffo-
cante et l'air calme, parce que dans cet état de l'atmosphère
raréfiée à sa base, le nuage qui s'affaisse et s'efface du côté opposé au vent, offre d'abord une élévation conique, favorable à
l'action du froid qui le pénètre, et, par suite, une pente plus

ou moins rapide au grêlon, qui vient le déborder alors avec toute l'impétuosité qui résulte de sa pesanteur spécifique, multipliée par le carré des distances de la terre.

(14) Les divers rumbs de vents qui se heurtent et se croisent, tantôt dans la partie basse, tantôt dans la partie supérieure de l'atmosphère, ne permettent pas à cette dernière de conserver partout une égale température, c'est-à-dire le même degré, soit de chaleur, soit de froid, à différentes élévations.

(15) Les rapports qui ont été faits sur les courants d'air, par les célèbres aéronautes Blanchard et Garnerin, portés par leurs ballons dans quelques parties des zones atmosphériques, où il est présumable que le grêlon se pétrit, il serait difficile de soutenir que d'épaisses et larges colonnes de vent chaud, poussées par les ouragans des tropiques et les orages formés, par continuité, en deçà de ces plages incandescentes du globe, ne puissent point parvenir dans un état de tiédeur jusqu'au 65° degré de latitude nord ou sud, et, par un changement de direction, rebrousser chemin sans avoir beaucoup perdu de leur chaleur primitive à leur point central; or, si dans leur mouvement rétrograde ces colonnes d'air tiède rencontrent et pénètrent la nue qui renferme le grêlon, il n'y a pas de doute que ce dernier ne se résolve en vapeur ou en pluie douce.

L'apparition toute récente d'un fléau terrible, sorti de la zone des Indes orientales et parcourant une partie de l'hémisphère boréale, corrobore ce que je viens d'avancer touchant l'influence indirecte des rumbs de vent sur la formation, la grosseur, l'avortement ou la fonte des grêlons.

(16) C'est-à-dire de la partie supérieure de l'atmosphère.

(17) Trombe aspirante exprime ici l'idée d'un syphon ou cercle formé par la continuité non interrompue de la matière qui roule dans le nuage poussé par les vents.

(18) L'acide carbonique dilaté, qui n'est autre que le gaz frigorifique, répandu dans l'espace, s'est introduit dans la nue, où il a atteint la vapeur, mère du grêlon.

(19) L'Académie des Sciences, en proposant cette question qu'elle a mise au concours pour 1834, et y attribuant un prix de 3,000 fr., n'a pas senti qu'elle proposait une question dont la solution n'appartient qu'à Dieu, et que la géométrie n'a rien à voir dans un procédé de création auquel ses compas sont étrangers.

Cette question oiseuse a été justement critiquée par les journaux, qui ont fait remarquer que l'Académie royale des Sciences avait fait comme cette vieille commère curieuse, qui demandait à ses voisines comment se formait l'enfant dans le sein de sa mère, le noyau dans la pêche, le pepin dans le raisin, et le frai dans le poisson.

Aussi la question, insoluble, a été retirée du concours sur le rapport du baron Poisson, qui, plaisantant agréablement les prétendants au prix de mathématique proposé, assimilait à la grêle les mémoires, au nombre de 9, envoyés à l'Académie, *et sempre bene.*

CHAPITRE VI.

DU SOLEIL.

DU SOLEIL.

Quel homme instruit pourrait décider aujourd'hui,
S'il a du jugement où quelque idée à lui,
S'il ne se roule plus sur les bancs de l'école,
Et ne s'abaisse pas aux fleurs de l'hyperbole :
Quel homme, dis-je, libre et l'esprit dégagé
De fausses notions et de tout préjugé,
Planant sur le soleil, soutiendrait que cet astre,
Dont Newton a tenté de faire le cadastre,
D'établir la hauteur de l'arc du globe aux cieux,
Soit tel que l'a décrit ce Breton studieux,
(Un million de fois plus gros que notre terre)
Et le grand point central du cirque planétaire?

Quel philosophe encore, en sa virilité,
Moins ami de Platon que de la vérité,
Et plein du grave objet vers lequel il s'avance,
Pourrait nous affirmer qu'en effet la distance
De ce corps radieux au monde terraqué,
Est comme ce savant célèbre l'a marqué,
Trente-six millions d'heures géométriques?

Où sont ces instruments exacts et véridiques,
Ces compas par lesquels on a pu mesurer,
Supputer, calculer, déterminer, tirer
De l'astre en question la hauteur prétendue?

Où vit l'observateur dont l'infaillible vue,
Attachée au soleil, en a pris la grosseur,
Sondé le diamètre et toisé la longueur,
Qui, sûr de sa distance, à celui qui l'écoute,
Prendrait Dieu pour garant qu'il n'en a plus de doute;
Que rien n'est comparable à son énormité,
Et que tout prouve, enfin, son immobilité?

On est las d'admirer ce qu'on ne peut comprendre,
Et par des mots abstraits de se laisser surprendre.
Les esprits maintenant veulent du positif,
Et de l'absurde fuient le récit abusif.

Il faut donc devant eux lever la toile obscure,
Qui, de l'astre du jour leur masque la structure,
Et leur montrer du doigt d'où proviennent ces feux
Qui tapissent le dôme illuminé des cieux.

Ainsi je leur dirai que la blanche lumière
Qui couvre à chaque instant la moitié de la terre,

Et dont le cours réglé, partant de l'Orient,

Se cache à nos regards aux bords de l'Occident ;

Pour revenir ensuite, au lever de l'aurore,

Après un laps de temps nous éclairer encore,

Et tour-à-tour le sol de cent peuples divers,

Qui vivent au-delà de l'horizon des mers,

Que l'astre qui, selon nos experts géomètres,

Et les enseignements scholastiques des maîtres,

Est dix cent mille fois plus gros, volumineux,

Que le globe ambulant et tournant à leurs yeux ;

N'est qu'un rond point formé par la flamme immortelle,

Roulant incessamment dans son orbe sur elle ;

Qui traverse l'espace au plan de l'Équateur,

Dont la masse a neuf quarts de degré d'épaisseur ;

Enfin, que les rayons de la chaleur immense,

Transmise par le disque, en son incandescence,

Sont l'effet spontané du changement soudain,

Eprouvé par les gaz au choc du feu divin (1),

Que ces gaz sont sortis des miasmes putrides,

Détachés des marais et d'autres lieux fétides,

Ainsi que des débris des corps et végétaux,

Que l'inflexible Temps a frappés de sa faulx.

En effet, si ces gaz, exhalés de la terre,
Pour s'élever au Ciel, n'étaient pas la matière
Qui doit toujours servir à l'entretien des feux
Que l'espace amortit à leur chute des cieux,
Et dont la douce ardeur, ranimant la nature,
La force à revêtir sa superbe parure,
Il nous faudrait admettre alors le sentiment
Que le globe, en péril, marche à son détriment ;
Car ces gaz non brûlés, ramenés vers la terre,
De leur odeur mortelle emplirait l'atmosphère,
Et tout ce qui respire, oiseaux, hommes, poissons,
Succomberaient bientôt atteints par ses poisons (1) ;

Mais l'Esprit éternel, conservateur et sage,
Aux gaz pernicieux a soustrait son ouvrage (3) ;
Il ne leur permit point de séjourner dans l'air ;
Il désigna leur place au-dessus de l'Ether,
Où ces gaz, allumés par le rayon céleste,
Vont perdre, en s'enflammant, leur principe funeste,
Éclairer l'univers de leurs rayonnements,
Porter la vie aux fleurs et féconder nos champs.

D'où ce point lumineux dont le cours ne s'explique,
Que par l'activité du fluide électrique,

Et par analogie à la chaleur du sang ,

Qui dans le corps humain coule rapidement;

D'où ce globe enflammé, franchissant par seconde,

Un vingtième plus cinq d'un degré de ce monde (4),

Recevrait-il, enfin, cette provision

Qui prolonge et nourrit sa brûlante action?

Il ne peut la tirer que du sein de la terre,

Et le nier serait une erreur volontaire,

Quand le signe avéré de ces sources de feux

Se montre chaque jour plus patent à nos yeux (5).

Ce ne sera donc plus entre les deux tropiques,

Ainsi qu'on le soutient, que les gaz électriques,

Dégagés désormais de la vapeur de l'eau,

De l'air raréfié monteront au niveau,

Pour refluer de là vers les cercles polaires ,

Et, condensés, venir rechauffer nos parterres,

Les fluides n'ont pas, comme l'a raconté

Et le prétend encore un savant respecté (6).

Les fluides n'ont pas la vertu pénétrante

Qui fait croître l'arbuste et la fleur odorante,

Hors du sol ils n'ont plus qu'un dangereux pouvoir,

Celui d'infecter l'air qui vient les recevoir,

Et les force à monter vers l'orbite solaire,
Pour retourner vers nous, convertis en lumière (7).

De tout ce que j'avance et dis en cet instant,
Le corps humain nous offre un exemple constant :
Nul fluide n'y peut entrer de sa nature,
Qu'après avoir passé dans le sang qui l'épure,
Et supporté, d'abord, l'incessante action
Du foie où tout mets tombe en dissolution.

La chaleur seule a donc la vertu singulière
D'animer tout ce qui végète sur la terre,
Lorsqu'elle est combinée à l'humide élément,
Et l'air qui la durcit dans l'arbre bourgeonnant.

Ainsi, d'un fait connu suivant la conséquence,
Au point qui ne l'est pas l'homme profond s'avance
Et remarque, en passant, une foule d'objets
Que la difficulté couvrait d'un voile épais.

C'est ainsi que Cuvier, cet illustre génie,
Procédant lentement, et par analogie
Des squelettes des corps comparés d'animaux,
En dotant son pays de ses riches travaux,

A la zoologie, encore dans l'enfance,
Par ses rapprochements fit faire un pas immense.

En sa marche je vais l'imiter aujourd'hui,
Et puissé-je, fécond, être aussi clair que lui...

« Vaste foyer de feu, père de la nature,
» Astre qu'aux bords du Nil une peuplade obscure,
» Du désrt accourue, insultait par ses cris,
» Fais passer ta chaleur en mes faibles écrits.

» Du haut du firmament, fais descendre en mon âme
» Ces rayons de lumière et cette occulte flamme
» Qui formèrent Linnée, Hippocrate, Solon,
» Oromazès, Brama, Lycurgue, Fénélon;
» Enfin, ces demi-deux que le prosélytisme
» Par ses prêtres jaloux a frappés d'ostracisme,
» Et chassés des trépieds où des dogmes trompeurs,
» Sont venus remplacer des oracles menteurs.

» Flambeau de l'univers! en vain, sans ta présence
» Sans ton heureux concours, un grain de la science
» Dans le creux d'un cerveau serait-il implanté,
» Il n'en pourrait sortir qu'un peu de vanité,

» Des feux follets errants, sans lueur et sans vie;

» Une flamme éphémère et manquant d'énergie.

» Viens verser sur mon front l'essence de tes feux,

» Et te montrer à moi sans éblouir mes yeux;

» Ne puis-je en ta splendeur te voir enfin paraître!

» Ne serais-tu pas Dieu que je cherche à connaître?...

» Et quel autre plus grand, plus auguste que toi

» Pourrait en sa puissance inspirer plus de foi!...

» Rien ne peut résister à ta force invincible;

» L'acier par ta chaleur est devenu fusible,

» Et la terre échauffée à tes embrassements,

» Des trésors de Cérès couvre ses vastes flancs.

» C'est de ton sein que sort la source où les génies

» Allument leurs flambeaux, puisent leurs harmonies (8)

» D'où jadis Phidias a tiré ses couleurs,

» Michel-Ange et Zeuxis leurs ciseaux créateurs;

» Où Voltaire inspiré, conduit par Melpomène,

» Allait avec Chaulieu humer son hypocrème.

» Toi seul es le Très-Haut qu'il nous faut implorer,

» Respecter et chérir, redouter, adorer,

» Comme l'omnipotent qui soit sans imposture,
» Et qui ne trompe point sa faible créature. »

Que Rome est le Croissant ne s'y méprennent pas!
Le Dieu de l'univers, c'est le Dieu des Incas,
Et cette vérité, les peuples de l'aurore,
Nés libres dans leur foi, la proclament encore.

En effet, les Incas, subjugués aujourd'hui,
Pour leur divinité ne connaissaient que lui,
Avant que l'Espagnol, commandé par Pizarre,
Ne vînt les immoler à son zèle barbare,
En leur donnant pour Dieu, sous un pain qui n'est plus,
L'enfant de Bethléem qu'on appelle Jésus;
Et, pour code sacré, ce livre de prières (9),
Qui fit verser le sang de peuplades entières.

Comprenons donc, enfin, l'édifice des cieux,
Et ne nous jetons plus dans le prodigieux.
Examinons, au fond, s'il est bien nécessaire
Pour éclairer le monde et féconder la terre,
Que le flambeau céleste eût un foyer ardent,
Aussi volumineux que celui qu'on prétend.... (10)

Non certes! il suffit que ce char de lumière
Qui parcourt en un jour l'une et l'autre hémisphère,
Pour accomplir les fins de la création,
Ait deux à trois degrés près de dimension.
En effet, lorsque Dieu, terminant son ouvrage,
(Pour me servir ainsi du biblique langa   .
Des lévites pieux qui desservent l'autel);
Lorsque Dieu seul debout, sur le mont éternel,
Après avoir pétri, formé l'humaine race,
Eut dit que la lumière incontinent se fasse ;
Croit-on qu'il ait voulu créer le feu plus gros
Que la terre et les cieux exhumés du chaos ?...

Architecte parfait, sublime géomètre,
Il a compris, jugé que ce ne pouvait être,
Et que, pour conserver l'ouvrage de ses mains,
Il fallait que ce feu, par rapport aux humains,
(Feu qu'il avait doué d'une chaleur immense),
Ne fût gros qu'en raison du carré de distance
Et des besoins du globe autour des flancs du quel
Il lui fut ordonné de rouler dans le ciel.

Et peut-on présumer, qu'ouvrier insipide,
Il ait parqué ce feu dans les plaines du vide,

Et, partant, séparé des frontières des cieux,
A ce point de le rendre invisible à nos yeux?
Car pour franchir le vide et venir à la terre
Du foyer embrasé d'où s'épand la lumière,
Il faut que les rayons qu'on appelle vecteurs,
Soient transmis, continus, par des fils conducteurs.

Il sera donc certain, malgré la controverse,
Que la grosseur de l'astre est en raison inverse
De son ardeur intense, et, dès lors, plus petit
Et moins distant du globe, enfin, qu'on ne l'a dit (11).

En effet, le soleil étant de la matière
Qui sort à chaque instant des croûtes de la terre,
Sur laquelle sans cesse il darde ses rayons,
N'a pas besoin, pour rendre, en échange, aux sillons,
Les gaz qu'il en reçoit, d'être aussi distant d'elle,
Et gros comme on l'a peint dans un long parallèle.

On ne se fût jamais trompé sur sa grosseur,
Si, pour la calculer on eût pris sa chaleur,
Et ses feux divergents, pour régler sa distance,
A partir du sol plane aux lieux de sa présence.

Ainsi, l'astre du jour, par ses rayons divers,
Est l'image d'un phare allumé près des mers,

Ou d'un foyer ardent qui répand sa lumière
Du centre à tous les coins d'un salon qu'il éclaire.

Le nautonier qui voit le phare de son bord,
A présent, dirait-il, le découvrant d'abord,
Que ce fanal luisant, de nuit son point de mire,
Est dix cent mille fois plus gros que son navire?
Et le lettré qui lit Horace ou Juvénal,
A l'angle du salon, loin du lustre central,
Oserait-il jurer, en braquant sa lorgnette,
Que ce lustre, en effet, lui semble une comète?

Il en est aujourd'hui de même du soleil;
Pour fixer la grosseur de son disque vermeil,
La chaleur qu'il produit, sa distance de terre,
Il faut abandonner l'école doctrinaire;
Comme d'un lieu d'erreurs, en déserter les bancs,
Et revenir enfin aux règles du bon sens;
A l'étude du vrai que la raison inspire,
Et ne plus s'arrêter au clinquant du faux dire,
Aux spéculations d'astronomes jongleurs,
De mondes fabuleux miopes créateurs,
Qui, non pas moins doués de talents que d'audace,
Viennent nous raconter qu'au-delà de l'espace,

Sans avoir preuve en mains de leurs réalités,
Il est d'autres pays, des globes habités,
Qui, selon le rapport de leur imaginaire,
Seraient d'êtres vivants peuplés comme la terre.

Eh! par quelle raison promenant son esprit
Au-delà du ciel clos où tout est circonscrit,
Où finit l'univers, où l'Érèbe commence,
L'astronome ébloui de sa haute science,
Et n'ayant que la foi de ses verres puissants (12),
Serait-il écouté plutôt que le bon sens?
Le bon sens qui nous dit qu'au-delà de ce monde,
Il n'existe plus rien sur quoi l'homme se fonde;
Que l'univers entier, c'est l'espace agité,
Où tout vogue et se meut dans son orbe emporté,
Ébranlé par l'effet de la chaleur solaire,
A laquelle, soumise, obéit la matière,
L'onde, l'air et les vents, le règne végétal,
Et ce que nous nommons l'instinct de l'animal.

Tout est donc renfermé dans un grand cadre unique,
Dont le centre est la terre, en sa forme sphérique,
Et les extrémités les portes du néant;
Les astres que l'on voit briller au firmament,

7.

Les constellations et le soleil lui-même
Ne sont que des ronds-points de ce cadre suprême,
Qui, fixé par le temps, fils de l'éternité,
Touche de toutes parts au vide inhabité.

Cependant, recherchons comment il peut se faire
Que le soleil circule autour de notre terre,
Sans causer dans le ciel de perturbation,
Et comment il parfait sa révolution,
En traversant, suivant l'année astronomique,
Deux fois, dans sa largeur, le plan de l'écliptique.

Disons-le tout d'abord, ce problème important
Est de ceux qu'on ne peut résoudre en un moment,
Qui demande et comporte une étude profonde;
Le lieu n'est pas ici de l'expliquer au monde.

Revenons donc au point que nous avons quitté,
Et sur lequel déjà nous avons disserté,
C'est-à-dire, avant tout, à la preuve complète,
Que le soleil n'a pas la grosseur qu'on lui prête.
Cette preuve n'est point difficile à montrer,
Et l'on peut, maintenant, la fournir sans errer,
Sans donner dans l'essor outré de l'hyperbole,
Et sans qu'il soit besoin d'être cru sur parole;

Il ne faut qu'observer et mesurer des yeux
Ce corps incandescent qui cingle dans les cieux.

J'attends, pour cet effet, le jour où l'atmosphère,
Exempte de brouillards, permet à la lumière
Qui précède Phœbus d'éclairer l'horizon ;
Où l'Aurore, sortant des bras du vieux Titon,
Et le laissant au lit dans lequel il repose,
Vient ouvrir l'Orient avec ses doigts de rose ;
Je saisis l'heure même où l'astre étincelant
Semble surgir du sol et monte au firmament.
Le front tourné vers lui, montre en main, j'énumère
Le temps moyen qu'il passe à franchir la barrière
Du cercle horizontal qui le dérobe aux yeux ;
L'instant où tout entier il envahit les cieux
Et paraît en son plein ; ce temps me fait connaître
La grosseur de son disque et son vrai diamètre.

Ici, des instituts j'adjure les savants
De suivre mes calculs et mes raisonnements,

Pour ôter et donner la lumière à des mondes,
L'astre met chaque jour cent cinquante secondes (13),

Et fait, comme on le sait, dans son cours régulier,
En quatre heures plus vingt le tour du globe entier ;
On sait également que toujours il éclaire
De ses flots de rayons la moitié de la terre,
Il ne reste donc plus qu'à fixer sa hauteur,
Sa distance du globe, au plan de l'équateur.

Pour la déterminer, conforme à mon système (14),
Il faut chercher au ciel quel est le point extrême,
Le lieu du firmament que l'astre radieux
Doit toujours occuper pour pouvoir de ses feux
Éclairer constamment la moitié de ce monde.
Je trouve qu'au compas qui m'aide et me seconde,
A ces rectangles droits, du centre mesurés,
Sa distance de terre est de six cents degrés ;
Et comme le soleil dont j'observe la trace,
Du jour au lendemain, en permutant de place,
Soit qu'il retourne au sud, soit qu'il avance au nord,
Ne fait, calculs réglés, au total le plus fort,
Que sept moins trois quarts près d'heures astronomiques,
J'en conclus, étayé de mes vers synthétiques,
Que son disque d'où part son intense chaleur,
A cinq demi-degrés tout au plus en grosseur,

Et passant de son disque à sa circonférence,
Suivant les procédés admis par la science,
J'aperçois que cet astre, immensément réduit,
N'a plus que six degrés et deux tiers en circuit,
Trois degrés, moins deux quarts, enfin, de diamètre,
Et six cents de hauteur où l'œil le voit paraître (15).

RENVOI DES NOTES.

(1) Les fluides gazeux, touchés par le feu qui les enflamme, se précipitent au centre du disque solaire et forment ce pêle-mêle d'embrasement et d'agitation qu'on découvre à l'aide de puissants télescopes. La mobilité extrême de ces fluides qui fuient la flamme qui les atteint, produit avec la fumée qui cherche à se dégager du feu, les taches obscures et fugitives que l'on aperçoit à la surface et dans l'intérieur du disque.

Cette soudaine métamorphose des matières calorifiques en feu éblouissant est naturelle, et n'a rien d'incompréhensible. Chaque jour nous en voyons la ressemblance dans l'éclairage de nos rues par le gaz, qui, sortant du conduit du réverbère, a une teinte de pénombre, et ne devient rayonnant qu'à une certaine élévation du bec.

(2) On doit rationnellement attribuer à la pesanteur des gaz qui ne s'élèvent pas assez vite au ciel, à cause des particules aqueuses dont ils sont imprégnés, les principes de la maladie mortelle qui règne dans l'Inde, et à laquelle, en Europe, on a donné le nom de *choléra morbus* ou de *mal asiatique*.

(3) Les matières dont l'univers est composé dureront autant que l'Être-Suprême qui les a mises en mouvement, c'est-à-dire que le feu. Elles changeront de nature ou d'espèce, peut-

être deviendront-elles inertes par l'extinction subite du soleil,
ce qui n'est pas probable ; mais jamais elles n'auront de fin,
et prétendre que notre globe s'effacera un jour, parce qu'il a
eu, dit-on, un commencement, c'est avancer un paradoxe contraire aux lois de la physique, qui n'admettent pas que de
rien on fasse quelque chose : Dieu lui-même ne le pourrait pas.

(4) Une demi-lieue passée.

(5) Il est démontré que les gaz, sortant du sein de la terre,
doivent monter au soleil et s'y consumer en proportion des
flots de lumière que cet astre lui darde quotidiennement. S'il
n'en était pas ainsi de cette fourniture de gaz calorifiques que
le globe renvoie au soleil en échange et par compensation de
ses rayons, il s'ensuivrait à la longue que ce grand luminaire,
tel qu'on l'a fait, usé par la perte successive de la matière
ignée dont il est composé, et qui ne serait pas remplacée, s'é-
teindrait de lui-même, comme une source d'eau, si forte et
grande qu'elle soit, se tarit faute des pluies qui l'alimentent.
Or, si l'on accorde la proposition que le soleil est immortel et
qu'il doit durer à jamais, sans augmenter ni diminuer de volume, la conséquence de cette proposition non contestée sera
de lui donner les moyens de réparer les pertes journalières
qu'il fait par la projection de ses feux sur tous les corps solides
qui l'environnent ; et comment serait-il dès lors possible que
les gaz émanés de la terre, qui sont ses sources d'alimentation,

lui parviennent concurremment avec ceux des planètes à la distance de 36 millions de lieues. Evidemment non, mille fois non, attendu l'existence des vides angulaires ou des intervalles qui doivent, d'après les systèmes dominants, séparer les astres d'une conformation sphérique, et par-là rendre la nutrition du soleil physiquement impossible.

(6) Le docteur Broussais.

(7) C'est ainsi que s'explique le mouvement perpétuel de la matière active. Ce mouvement se trouve dans la transformation spontanée et continue des fluides gazeux en rayonnements, qui retournent à la terre pour la fertiliser, et en ressortir de nouveau par la décomposition des substances animales et végétales auxquelles ils ont donné la vie. Le *Memento homo quia pulvis es et in pulverem reverteris*, l'homme, sorti et fait de la poussière, retournera en poussière, est la définition technique et sacrée du mouvement perpétuel dont le feu est le principe et l'agent suprême.

Les philosophes païens et les Pères de l'Eglise avaient reconnu cette vérité, les premiers en la faisant paraître sous la forme de leur Jupiter, père des dieux et propagateur de l'espèce humaine, *pater Deorum atque hominum sator*, et les derniers, par le Saint-Sacrement, qui représente le soleil.

(8) Lamartine, Casimir Delavigne, Hugo, Chateaubriand, Berrier, Foy, etc.

(9) Marmontel, dans son *Histoire des Incas*, rapporte que la chute à terre du livre de l'Evangile, présenté par un prêtre espagnol à un cacique ou chef de tribu, qui, par mégarde ou indifférence, le laissa échapper de ses mains, fut le signal d'un massacre général de ces infortunés et innocents Indiens.

(10) Dieu, en nous donnant des yeux pour voir, l'odorat pour sentir, des mains pour toucher et des oreilles pour entendre, nous a aussi doués de la faculté d'étudier ses œuvres, d'en commenter l'esprit et les causes finales, et de nous élever ainsi jusqu'à lui, en les expliquant et montrant telles qu'il les a créées, sans qu'il soit de nécessité absolue de recourir aux A + B — C ⚌ de l'algèbre, qui n'a rien de commun avec la moralité du sujet et la véracité des faits.

(11) Cette chaleur tient lieu de force physique; elle est toute d'inspiration; elle n'est rien par elle-même, c'est-à-dire par son poids, qui est nul, en raison directe de la dissémination de ses rayonnements dans l'espace où ils se perdent. Ses instruments et leviers d'impulsion sont les matières élastiques, comme l'eau, l'air, l'acide carbonique sur lesquels elle opère de la même manière que la pensée agit sur nos nerfs pour déterminer le mouvement de nos membres, et sur la langue, pour exprimer nos diverses sensations.

(12) Les télescopes, qui rapprochent et grossissent les objets, n'en présentent pas toujours les véritables dimensions; ils ne

sont pas plus sûrs que les oracles de Calchas et les augures de l'ancienne Rome.

(13) Deux minutes et demie.

(14) L'immobilité de la terre.

(15) Ainsi, l'orbite solaire aurait 100 mille lieues de circonférence ou de longitude que l'astre parcourrait en vingt-quatre heures.

Cette donnée de la course du soleil, qui ferait une lieue de chemin en une seconde un septième, n'a rien qui blesse la raison; elle est mille fois plus probable que la rotation de la terre sur ses deux axes et sa marche dans un orbe prétendu elliptique, incompréhensible, dont l'impossibilité est d'ailleurs démontrée plus loin.

Ce n'est pas seulement aux rayonnements de la chaleur solaire qu'il faut des agents conducteurs pour traverser le vide et descendre à la terre, il en faut aussi à notre vue pour franchir le néant et parvenir au soleil. C'est à quoi on n'a pas réfléchi, quand on a nié le plein, où, selon l'ancien système, tout mouvement des planètes serait impossible.

Pour arriver à la preuve de ce que j'avance ici, que l'académie des sciences veuille bien faire faire l'expérience de la suppression de l'air dans la machine pneumatique, et ensuite faire appliquer le haut de la tête d'un individu jusqu'au nez, à l'endroit de cette machine le plus commode pour cette opération, sans que la respiration de l'homme soit gênée ; je soutiens qu'à l'instant où l'air du récipient sera soutiré, l'individu éprouvera une cécité complète, c'est-à-dire qu'il ne verra rien au-delà du vide, quoiqu'ayant les yeux ouverts.

En effet, le vide est un bandeau que la vue ne peut pas plus percer que la paupière qui la couvre.

Ce qui précède est le corollaire des réfutations que j'ai faites au chapitre intitulé : *Des Causes du Mouvement des Astres*, contre le système de Copernic, qui a placé le soleil dans le vide, à 36 millions de lieues de la terre.

CHAPITRE VII.

DÉCOUVERTE DES CAUSES RÉELLES DU FLUX ET DU REFLUX DES MERS.

DES MARÉES.

—

Felix qui potuit rerum cognoscere causas.

Pour rendre un compte exact du mouvement des mers,
Dont le flux, submergeant des rivages déserts,
Après avoir jeté le tribut de son onde
Dans les larges bassins des havres qu'il féconde,
Se retire, en laissant de ses flots dégarnis
La plage et les rescifs qu'il avait envahis,
Nous allons supposer que toute la matière,
Qui s'élève et se meut au-dessus de la terre,
Est immobile ou fixe, et que, de tous côtés,
Les cieux, pour un moment, ont perdu leurs clartés ;
Qu'une profonde nuit, développant ses voiles,
Dérobe à nos regards la lune et les étoiles ;
Qu'au souffle glacial du Temps marchant toujours,
Les fleuves congelés ont suspendu leurs cours ;
Que les vents, derechef enchaînés par Éole,
Dorment sur les sommets de l'un et l'autre pôle.....

En cet état inerte où le monde est trouvé,
Feignons que tout-à-coup le soleil soit levé,

Et que, comme on le voit, éclatant de lumière,
Il ait autour du globe achevé sa carrière (1).

Les rayons émanés de son disque vermeil,
Exerçant l'action d'un levier sans pareil,
Sur le centre des mers sises à l'Écliptique,
Ont dégagé des flots par leur chaleur unique
Et le secours de l'air, une quantité d'eau
Dont la somme est égale à celle d'un ruisseau,
Des fleuves, des torrents, des canaux et rivières
Que l'Océan reçoit aux limites des terres (2).

De cette absorption de l'eau qu'une chaleur
De quarante degrés a réduite en vapeur (3),
Qui s'élève et s'épand dans toute l'atmosphère,
Dont la couche mobile enveloppe la terre;
Vapeur d'où quelque jour sortiront les autans,
L'orage et le tonnerre, engendrés par le Temps.
Ne doit-on pas penser qu'un concave sillage
Ne se soit point produit aux endroits du parage,
Que le disque solaire, en parcourant les cieux,
A, pour le dire ainsi, labouré de ses feux!
N'est-il point clair pour ceux que la métaphysique
N'a point encor saisis de sa fadeur gnomique,

Et dont l'esprit est sain, robuste et dégagé
Des doctrines de secte et de tout préjugé,
N'est-il pas évident pour eux, qu'au moment même
Où le flambeau divin parfait son cours suprême,
D'un point de longitude à l'autre extrémité,
Le niveau de la mer n'en doive être affecté ?
Que ce niveau rompu, l'onde alors étant libre,
Et sans étai, n'ait là perdu son équilibre ;
Qu'il ne s'ensuive enfin une baisse des flots,
Aux bords des Océans sortis de leur repos (4) ;
Tandis qu'à l'Equateur, vers la ligne centrale,
L'entraînement des mers Australe et Boréale
Forme, par synchronisme, un exhaussement plein,
Un convexe sommet d'eau, qui, baissant soudain
Sous le poids de sa masse énorme et culminante,
Oblige forcément la mer rétrogradante
A reporter le flux de ses flots balancés,
Vers les lieux qu'ils avaient pour un temps délaissés.

C'est vainement ailleurs, qu'au titre que j'expose,
Que du flux et reflux on chercherait la cause ;
Qu'on irait la puiser dans une attraction
Qui ne fait qu'obscurcir en plus la question :

Dans la lune en son plein soulevant l'onde amère (5);
Laquelle, réunie à la vague solaire,
Après divers conflits, en se superposant,
Produirait par son plus ou moins d'alongement,
Ce que, dans ses calculs de valeurs mesurées,
Herschell nomme ici, haute, et là, basse marées.

Le défaut capital des deux assertions
De l'astronome Herschell sur les attractions (6)
Des eaux qu'aspireraient le soleil et la lune,
C'est de ces faits douteux de n'avoir preuve aucune ;
Et que d'ailleurs encor, tout en les admettant,
Il n'en sortirait pas les effets qu'il prétend..... (7).

PREUVE.

« Soit la vague solaire, au plan de l'Éclyptique,
» Élevée au-dessus du niveau pacifique
» Des mers dont l'onde écume aux pieds des continents!
» De l'astre elle suivra les directs mouvements ;
» Sa petite hauteur, comparée à sa base,
» Sera le figuré de la première phase
» Que vont subir le flux et le reflux des mers.....
» Comment s'opéreront ces virements divers?

» Comment les flots haussés, formant un sphéroïde,

» Viendront-ils dans les ports combler la place vide,

» Si dans leur action les astres apparents

» Les tiennent suspendus sous leurs corps attirants (8)? »

Sur ce point de physique, Herschell en rêverie
A fait, comme Kœpler, de la géométrie (9),
Et c'est avec raison qu'il dit, en son Traité,
Que la matière était dans son obscurité.

Maintenant que la cause ou le premier principe
Du flux et du reflux est celui dont j'excipe,
Je n'ai plus qu'à décrire et démontrer comment
S'augmente et s'affaiblit ce long balancement.

Il faut se reporter au concave sillage,
Produit par le soleil aux endroits du parage
Que ce vaisseau de flamme, en parcourant les cieux,
Ainsi que je l'ai dit, a creusé de ses feux.

Si ce vaste foyer, élongeant l'Éclyptique,
N'inclinait pas vers l'un ou vers l'autre tropique,
Qui sont les lieux étroits assignés à son cours,
Le flux des mers irait en augmentant toujours.

Mais comme le soleil chaque jour se déplace,
Et du globe terrestre occupe un autre espace,
Il s'ensuit que l'élan alternatif des eaux
Hausse ou baisse en raison de la courbe des flots,
Qui présente un aspect différent de la veille,
Une figure, enfin, qui n'est plus la pareille,
La même que les feux du phare étincelant
A leur avant passage ont mise en mouvement (10).

L'avance ou le retard de la vague marine,
Son versant sur lequel le soleil s'achemine,
Dispose à pressentir que le nouveau sillon,
Élargi par cet astre est déjà moins profond,
Et que les lendemains, aux retours de l'aurore,
Les sillages suivants seront moins creux encore.
Et dès-lors le reflux par degré décroissant,
Jusqu'à l'heure où du flot le sommet ambulant,
En son cours amené sous le rayon solaire,
L'abaisse au minimum de sa force ordinaire (11).

Ainsi, quand du reflux l'angle sphéroïdal
Se trouvera conduit dans un plan vertical,
Sous les feux du soleil, une basse marée
Aura lieu sur les bords de la zone pétrée ;

Et le plus grand des flux s'effectuera le jour,
Où le fond de la vague affaissée à son tour,
Au soleil radieux et permuté de place
Présentera d'aplomb sa concave surface.

RENVOI DES NOTES.

(1) Que ce soit la terre qui se meuve autour du soleil ou le soleil autour de la terre, ainsi qu'Herschell l'a écrit dans son *Traité d'Astronomie*, art. 307 et 382, n'importe ! Dans l'une comme dans l'autre hypothèse d'immobilité ou de rotation de l'une des deux planètes, le mouvement des marées sera le même, puisqu'il a pour cause déterminante la chaleur solaire et la réfraction de cette dernière par la lune en opposition et en conjonction.

(2) Il est indubitable que la quantité des eaux absorbées par les rayonnements de la chaleur solaire sur une surface courbe de cent quatre-vingts degrés carrés, est égale en somme, au volume d'eau que les fleuves et les rivières roulent à la mer de tous les côtés inclinés du globe terrestre. L'absorption de ces eaux dégagées de substances alcalines, est proportionnée à la force de l'agent chaleureux qui l'a produite. Elle est quarante-cinq fois plus grande à l'Equateur qu'aux petits cercles horaires où cette absorption est nulle.

Ainsi, il sera constant que la profondeur du sillage concave, fait sous la ligne, par l'évaporation des eaux, sera égale à la hauteur verticale comparée du plan incliné des terres que le reflux de la mer aura laissées à découvert, en se portant à l'Eclyptique, pour revenir ensuite les submerger. C'est au plus ou moins de cavité de ce point central d'absorption que sont dues les hautes et basses marées, et non à la pression de la lune sur le grand Océan, au gonflement des mers équatoriales, au basculement diurne des pôles ou à la fonte des neiges tombées aux terres Australes et Boréales, comme on a vainement cherché à l'établir dans de nombreux mémoires, oubliés ou étalés sur les quais de la Seine, comme, enfin, Herschell a tâché aussi de les expliquer, en les attribuant aux forces d'attraction variable dont le soleil et la lune seraient, selon lui, les agents médiats.

(3) L'absorption des eaux, à l'Equateur, aux endroits où le soleil darde verticalement ses rayons, est, ainsi que je l'ai dit plus haut, quarante-cinq fois plus forte qu'ailleurs où la température est à zéro; aussi le sillage produit par la chaleur du soleil est-il plus profond sous la ligne qu'aux autres points des mers où la chaleur est moindre.

(4) Il est certain que, dans le même laps de temps, il se fait simultanément une hausse de flots sous la ligne et une baisse des eaux de la mer, en latitude nord et sud, et que cette hausse et cette baisse sont grandes, petites ou moyennes, en raison directe de la profondeur du sillage formé par les absorptions solaire et lunaire.

Cette hauteur insolite des vagues, observée aux époques des

équinoxes de mars et de septembre, lors du passage de l'astre du jour à l'Equateur, est non-seulement le produit de l'immense chaleur qui règne constamment dans ces parages, mais encore de l'entraînement spontané des deux mers polaires qui s'avancent parallèlement l'une contre l'autre, pour combler la concavité de l'Océan équatorial, et qui, se balançant là, s'élèvent au-dessus du niveau normal de toute la force de leur impulsion, pour s'effacer ensuite sous le poids de leur masse sphéroïdale, et rétrograder vers les terres qu'elles couvrent derechef de leurs vagues écumantes sur un plus ou moins vaste espace, selon que les vents, favorables ou contraires, les auront poussées ou amorties dans leurs mouvements oscillatoires.

(5) La lune, en son plein, contribue aux hautes marées, non parce qu'elle attire les eaux de l'Océan, comme le prétend Herschell fils, mais par la raison que les rayons solaires qu'elle reflète sur la masse des mers tropicales en absorbe aussi une partie, et tend à rendre plus profond le sillage creusé par le soleil qui l'a précédé de douze heures, et auquel elle semble venir en aide dans ce travail d'absorption, qui a pour cause finale l'arrosement des terres que les feux continus de cet astre auraient bientôt desséchées, sans les pluies qui les fertilisent.

Ainsi, la pleine lune, arrivant sur la même ligne que le soleil a parcourue douze heures avant elle, et reflétant des rayons

absorbants sur la courbe concave au moment où les mers ont
commencé inégalement leur période d'oscillation ou de mouvement rétrograde vers les terres, doit nécessairement renfor-
cer ce mouvement qui, comparé à ses valeurs moyennes, sera
dans le rapport de 7 à 3. C'est en quoi je me trouve d'accord
avec Herschell (*voir* l'article 530 de son *Traité*), bien que
d'un avis tout différent sur les causes.

Je calcule que la lune, en son plein, peut avoir une puissance d'absorption égale à un cinquième de la chaleur solaire,
et que, pour augmenter la force des marées, il faut que son
arrivée sur la ligne parcourue par le soleil caché sous l'horizon, coïncide avec la baisse des flots. C'est un point à vérifier
par les navigateurs, lorsqu'ils passeront sous la ligne. Déjà
quelques marins en ont fait la remarque sur les côtes du Sé-
négal, où, selon leurs dires, les marées se sont élevées à une
hauteur extraordinaire au temps des équinoxes et à l'époque
des syzigies.

(6) Je le répète, le système des attractions étant erroné et
fondé sur un principe chimérique qui agirait dans l'univers
sans toucher à rien, ne saurait, en aucun cas, être appliqué au
phénomène du flux et du reflux de la mer, puisque les causes
en sont autres et ne peuvent être, en effet, que celles démon-
trées dans ma théorie.

(7) Le moindre examen de la matière conduit à reconnaître

la défectuosité de la proposition d'Herschell, laquelle s'écroule sous la logique irrésistible des lois de la pesanteur.

En vue d'ajouter surabondamment aux preuves de ce que j'avance, j'admettrai, par concession, que le soleil et la lune sont des corps attirants ; qu'ils soulèvent simultanément les eaux de la mer ; que ces eaux soulevées, forment des vagues sphéroïdales qui se renforcent mutuellement, en se superposant ; qu'elles se contrarient et se neutralisent partiellement, selon les configurations synodiques des deux astres ; et je dis que je ne conçois pas comment ces faits articulés, fussent-ils constants, pourraient produire le flux et le reflux, et, par conséquent, les hautes et basses marées, ainsi que Herschell le soutient (art. 630 de son *Traité*).

Pour qu'une cause finale ne soit point viable, il importe que cette cause, d'abord perçue par nos sens, nous conduise directement à l'effet qu'elle doit produire ; il faut que la raison nous montre cet effet immédiat, et dans le cercle du mouvement de la matière retournée sous toutes ses faces et présentée sous tous les points de vue. L'esprit conçoit une vibration spontanée, transmise soudainement de l'un à l'autre bout d'un corps solide ; on comprend, sans peine, celle d'un autre corps d'une nature élastique qui ne saurait être aussi prompte ; on ne se trompe pas sur l'impulsion communicative du vent qui se fait sentir simultanément d'une porte d'entrée qu'il ouvre à une porte de sortie qu'il ferme en même temps, quand il souffle avec violence; mais il n'en est pas ainsi d'un objet insaisissable, comme la loi d'attraction à laquelle Herschell fils attribue le flux et le reflux de la mer. Il faut avoir une croyance bien robuste, sinon fanatique, pour ajouter foi à ce merveilleux dogme d'attraction dont le pouvoir sur la matière échappe à toute analogie, à tout corollaire, et qui, par cela seul qu'elle est impalpable au fond, doit être classée au nombre des rêveries mises hors de discussion sérieuse.

En effet, est-il concevable que, par une action provenant d'une force occulte qui ne s'appuie sur rien, des masses d'eau arrivées verticalement sous deux corps attirants dont elles suivent le mouvement apparent, puissent, retenues comme elles doivent l'être constamment dans cette position relative, selon la loi précitée, produire les marées ? C'est physiquement et rationnellement impossible, et j'ajouterai, à preuve de cette impossibilité, un point de physique expérimental qui la corrobore; c'est que tout corps solide ou non, soulevé en ligne perpendiculaire par une force ascensionnelle quelconque, ne pèse plus sur sa base, quoiqu'il y adhère encore. Ceci ne fait plus question.

Ce sera donc chose établie que, si le soleil et la lune étaient deux corps attirants, comme l'école Newtonienne le soutient, ils retiendraient nécessairement sous leurs leviers ou trombes d'attraction les masses d'eau qu'ils ont soulevées, et qui les suivraient, remorquées, sous une forme ondulante, dans leurs

courses circulaires et obliques ; et que cette position des eaux
serait un obstacle à leur rétrogradation qu'on appelle *flux*,
qui est la seconde période de leur mouvement oscillatoire vers
les côtes.

(8) Il est difficile de comprendre comment des flots aspirés
de la circonférence ou des extrémités du diamètre océanique,
et formant, selon Herschell, un ellipsoïde oblong dont l'axe
serait perpendiculaire aux deux astres attirants, pourraient,
retenus en quelque sorte à ces deux planètes par des chaînes
invisibles, exécuter un mouvement rétrograde assez rapide
pour produire les hautes et basses marées dans l'intervalle de
douze heures, surtout lorsque ces flots se trouveraient inci-
demment attirés dans un sens contraire à la marche du Soleil
par la Lune, en son plein.

(9) C'est une remarque à faire que tous les philosophes qui
ont traité des phénomènes de la nature, se sont réfugiés dans
la géométrie pour justifier, à défaut d'arguments, leurs propositions obscurantes ; comme si la géométrie répondait à tout,
comme si cette science de toisé et d'espace, de mesures et de
superficie pouvait s'exercer sur des chimères, ou sur des objets autres que ceux dont l'existence est matériellement prou-
vée, soit par leur présence effective dans les corps, soit par la
perception du goût et de l'odorat dont nos sens sont touchés.
La géométrie n'a et ne peut avoir que des compas. Elle n'a

point de scalpel pour pénétrer dans la matière et juger des ressorts occultes qui agissent constamment en cette dernière. C'est donc à tort qu'on l'a fait intervenir, afin de trancher sur des questions qui doivent lui rester étrangères pour ne point égarer la raison, fausser l'esprit humain et entraver ainsi le progrès des lumières.

(10) Dans son mouvement d'oscillation diurne qui se répète deux fois, en 24 heures plus ou moins, en latitude nord et sud, et non en longitude (ce qui prouve l'impossibilité des attractions, car si elles existaient, le flux et le reflux auraient lieu dans toutes les directions), la mer doit présenter des deux côtés de l'équateur, au centre de chacune de ses parties allant et venant, une courbure dont le sommet viendra de lui-même se placer un jour sous le disque solaire. Ce sommet, axe variable et mobile, semblera suivre la marche du Soleil, tandis qu'en réalité ce sera l'astre qui passera pardessus, coïncidant ainsi avec le retour de la vague convexe, qu'il sillonnera verticalement d'un point de longitude à l'autre.

(11) Ce jour-là les marées seront presque nulles : ainsi, plus la vague fluente ou refluente sera élevée au-dessus du niveau rationnel de la mer, au moment où le soleil dardera d'aplomb ses rayons sur elle, moins les marées seront fortes; elles augmenteront au contraire graduellement, et parviendront au maximum de leur hauteur quand, après une période de temps,

le Soleil la Lune, en syzygie, viendront à passer sur la courbe
concave formée par la retraite de la vague, qui se trouvera
alors au-dessous du niveau sensible de l'Océan. Le creux fait
par l'absorption solaire, devenant plus profond, donne un
plus grand élan aux flux et reflux. De là proviennent les hauteurs extraordinaires des marées, qui peuvent être encore ac-
crues si les vents les poussent dans la direction qu'elles prennent,
et si des jussants, affluents ou brisants quelconques se joignent
à elles.

Six à sept cents fleuves ou rivières se déchargent dans les mers.
Si l'on pouvait réunir leur volume respectif en un seul, on
verrait que la somme des eaux douces qui se jettent ainsi dans
les vastes bassins océaniques et les méditerranées, présenterait
une surface plane de neuf à dix lieues de largeur, ayant dix
mètres de profondeur sur une étendue de 360 degrés, moins
l'espace des terres qui traversent l'Éclyptique.

Une si énorme quantité d'eau enlevée aux mers équatoriales,
doit nécessairement produire, d'abord un grand angle rentrant
dont les deux points extrêmes touchent aux limites des absorptions, et ensuite, après un laps de douze heures, former un
sphéroïde oblong dont la figure variera de jour en jour et s'effacera en lames imperceptibles de douze à quinze lieues de circonférence, aussitôt que le soleil aura achevé sa révolution
annuelle de l'un à l'autre tropique. Telle doit être maintenant
la configuration des mers à l'Équateur.

OBSERVATIONS

DE L'ÉDITEUR.

La différence que l'auteur établit entre les systèmes anciens et sa théorie, est une chose toute nouvelle, et on peut dire que jamais écrivain n'a émis des idées philosophiques en prose aussi nettement que lui les a exprimées et approfondies en vers.

FIN DU PREMIER VOLUME DE LA NOUVELLE THÉORIE
DE L'UNIVERS.

LE SALON DE LARIVE,

ou

LA PIÈCE SIFFLÉE,

Comédie en un acte et en vers.

PERSONNAGES.

————

MM.

LACAVE, artiste dramatique du Théâtre-Français.

LARIVE, artiste dramatique du même théâtre.

L'AUTEUR d'une Pièce nouvelle.

UN JEUNE COLONEL.

Mlle CLAIRON, première actrice tragique du Théâtre-
Français.

————

La scène se passe dans le salon de Larive.

LE SALON DE LARIVE,

OU

LA PIÈCE SIFFLÉE.

———

(Le théâtre représente un salon richement meublé.)

SCÈNE PREMIÈRE.

LARIVE *est couché sur un canapé où il dort, un livre à la main.*

LACAVE *frappe à la porte plusieurs coups qui le réveillent.*

LARIVE, *en se frottant les yeux.*

Ouvrez.....   (*Lacave entre*).

A Lacave.

Ah! mon ami! c'est vous! quelle affaire
Vous amène chez moi?

Il se lève.

LACAVE.

C'est encore un mystère
Que je vous apprendrai, si vous le trouvez bon.

LARIVE *regardant un gros manuscrit que Lacave tient*
sous le bras.

Eh! que tenez-vous là?

LACAVE, *en souriant plaisamment.*

Ce n'est rien....., un carton,
Le petit manuscrit d'une pièce nouvelle,
Qu'un auteur fraîchement arrivé de Gravelle,
M'a remis ce matin....., Je viens vous en parler,
Pour vous le lire.

LARIVE, *en soupirant.*

Ah! Dieu!... vous me faites trembler.
Un auteur de province..... un érudit, peut-être,
Et qui sort du Gymnase?

LACAVE, *toujours en plaisantant.*

Est-ce que l'on est maître
Dans les premiers essais tentés avec efforts?...
Il faut venir au monde avant d'aller aux morts.

LARIVE.

Aux morts!... vous voulez dire aux défunts de théâtre...
Vous me parlez toujours comme un vieil idolâtre
Des merveilles du temps et des siècles passés,
Ne rêvant jour et nuit qu'aux héros trépassés.

LACAVE, *faisant du galimatias.*

C'est qu'avec les héros descendus dans la tombe,
On empêche souvent que l'esprit ne succombe,
Et ne soit emporté par delà les travers
Qui semblent dominer le terrestre univers,
Et qui de tous côtés, étendant leur empire,
Font éprouver aux gens des accès de délire ;
Vous m'entendez ?...

LARIVE, *en souriant.*

Pas trop... mais enfin, quel sujet
Traite ce manuscrit? Serait-ce *Bajazet?*
Lisez l'intitulé.

LACAVE.

C'est une tragédie.....

LARIVE, *d'un air de dédain.*

Ah! dites donc plutôt c'est une rapsodie,
Un enfant avorté de quelques songes creux,
Qui vient vous demander le baptême en ces lieux.

LACAVE.

Servez-lui de parain.

LARIVE, *avec humeur.*

Qu'il s'en aille à Bicêtre,
Ou sur les boulevards se faire reconnaître !

Pour moi, je n'en veux point... n'avons-nous pas assez
Des ouvrages nouveaux reçus ces jours passés...
Vous voulez donc que moi, vous-même et nos confrères,
Usions tous nos moments à régler les affaires
De messieurs les auteurs qui pleuvent dans Paris,
Comme des hannetons sur les arbres fleuris,
Au sortir de l'hiver..... qui fouillent dans l'histoire
Tout ce qui peut sans fruit lasser notre mémoire...
Non! c'est assez, vous dis-je, il faut nous reposer ;
Qu'autre part votre auteur aille se proposer !

LACAVE.

Nous avons jusqu'ici lu bien des tragédies,
Des drames merveilleux, beaucoup de comédies,
Morts aussitôt qu'ils ont par nous reçus le jour.
C'est un désagrément... j'en conviens à mon tour,
En ce qu'il nous oblige à travailler sans cesse.....
Mais, enfin, ce malheur dompte notre paresse ;
Et c'est bien, entre nous, le péché capital,
Qui nous porte, d'abord, à juger tout en mal;
A regarder du haut de nos trônes tragiques,
Les modernes auteurs comme des empyriques,
Des causeurs éternels qui n'ont rien de piquant,
Dont les vers martelés n'offrent que du clinquant;

Applaudis quelquefois, ou sifflés sans mesure,
Par les ignorantins de la littérature......
Mais enfin, quels que soient les ouvrages nouveaux,
Sortis depuis un temps de nos jeunes cerveaux,
Dont la verve déborde, il en est que la scène
Pourra faire admirer, et qui de Melpomène
Obtiendront les faveurs.

LARIVE.

C'est ce que nous verrons.

LACAVE.

Oui! plus tard, en effet, nous nous en enquérrons;
Mais il faut aujourd'hui, quoique vous puissiez dire,
Que vous me promettiez d'écouter ou de lire
Cet essai d'une muse encor dans son printemps.

LARIVE.

Excusez-moi, mon cher, je n'en ai pas le temps.
Il me faut, sans retard, loger dans ma mémoire
Ce fameux entretien, consigné dans l'histoire,
Que Racine, en beaux vers, fait tenir à Burrhus,
Dans la scène où Néron baise Britannicus.
Sont-ce des vers ceux-là?

LACAVE,

Vraiment, ils sont faciles.

LARIVE.

On prétend qu'à construire ils furent difficiles,
Et que longtemps encor l'ami de Despréaux
Au Théâtre-Français restera sans rivaux.

LACAVE.

On le croit... mais enfin, rien n'est moins impossible,
On peut trouver en France un cœur aussi sensible,
Et je pense qu'Oreste, Esther, Assuérus,
Mérope, Agamemnon, Athalie et Pyrrhus,
Modèles si parfaits de la scène française,
Auront des successeurs.

LARIVE.

Ah! ne vous en déplaise,
Nous ne les verrons pas.

LACAVE.

Et s'il s'en présentait,
Que diriez-vous?

LARIVE.

Alors, je dirais qu'il faudrait
Les accueillir.

LACAVE.

Eh bien, en ce cas, je vais lire
L'acte premier de Pierre.

LARIVE, *en se reculant d'effroi simulé.*

> Ouf! quel nom! je transpire
> De crainte et de sueurs... ô ciel! quel vilain nom!
> Pierre..... quel nom commun!

LACAVE.

> Attendez, son renom,
> Que vous ne m'avez pas permis de faire entendre,
> Est au moins aussi grand que celui d'Alexandre,
> Quoiqu'en dise Voltaire, admirable écrivain,
> Qui l'a fait moitié tigre et les deux quarts humain.

LARIVE.

> Eh bien! terminez donc, achevez avec Pierre.....
> D'où vient-il? d'où sort-il? quelle fut sa bannière?
> Fut-il un conquérant, un tartare, un héros?

LACAVE.

> Il fut législateur... de ses nobles travaux
> Le monde a retenti.

LARIVE.

> Quelle fut sa patrie?

LACAVE.

> Il est du sang d'Iwen qui règne en Moscovie.

9

LARIVE.

N'importe qui l'on soit; mais vous savez qu'il faut,
Pour être dramatique, avoir quelque défaut,
De fortes passions.

LACAVE, *avec concession.*

En effet, le tragique
N'est que le composé du pouvoir despotique,
De transports furieux, de haine, de poison.
Il faut être Orosmane, un Hamlet ou Pison,
Si l'on veut aujourd'hui réussir sur la scène.

LARIVE.

Sans de grands mouvements une action est vaine.

SCÈNE II.

LES PRÉCÉDENTS. — Mlle CLAIRON ENTRE, SANS
FRAPPER, AVEC UN JEUNE COLONEL.

LARIVE, *avec humeur.*

Mais qui vient donc ici sans se faire annoncer.....

A mademoiselle Clairon, d'un ton radouci et galant.

Ah! Madame, c'est vous! l'aurais-je pu penser

Que j'aurais le plaisir, le bonheur ineffable
De vous voir ce matin!

Mᵘᵉ CLAIRON *allant tout d'abord se mirer devant une*
glace, après avoir fait un salut familier avec le
Colonel.

Ce meuble est admirable,
D'un poli, d'un brillant (*à Larive*). En vérité, mon cher,
Cette glace est superbe.

LARIVE.

Elle vient de Fischer,
Près du Panorama, cette belle boutique,
En face de la Bourse et du marchand d'optique.

Mᵘᵉ CLAIRON.

(*Au Colonel.*)
Mais je n'en reviens pas..... voyez donc quels reflets
Cette glace renvoie.

LE COLONEL.

On y voit des attraits
Qui ravissent les cœurs et les brûlent, Madame.

Mᵘᵉ CLAIRON.

De la galanterie!..... ah! cela perce l'âme.

(*A Lacave, d'un ton léger.*)
On n'y peut plus tenir..... A propos, quel objet,
Lorsque j'entrais ici, vous servait de sujet

A l'entretien rompu par mon inadvertance.

Vous me pardonnerez, mon cher, ma pétulance.....

C'est en moi, je l'avoue, un défaut des plus grands,

Qui quelquefois m'expose à des désagréments. .

LACAVE.

C'était un manuscrit qu'un auteur de province

(En le montrant avec un sourire plaisant.)

M'avait prié de lire..... Il n'est, ma foi, pas mince.....

Nous étions sur le point, Larive et moi, de voir,

S'il peut être remis au comité, ce soir,

Pour que demain Dorval en fasse la lecture.

Mᴵᴵᵉ CLAIRON, *avec grâce.*

Vous ne le pourrez pas demain, la chose est sûre.

LARIVE.

Peut-on savoir pourquoi?

Mᴵᴵᵉ CLAIRON.

C'est que demain Aris,

Tancrède, Aménaïde, Hélène avec Pâris,

Seront atteints d'un rhume affreux, abominable.

LARIVE.

Quand hier, cependant, je les ai vus à table,

Ils ne m'avaient pas l'air d'être fort enrhumés;

Sur les vins de Champagne, en experts consommés,

Ensemble ils dissertaient d'une voix ferme et claire.

Mlle CLAIRON, *en faisant allusion à la grosseur*
du manuscrit.

Mais, sabler le Champagne est toute une autre affaire
Que d'écouter, Monsieur, un ouvrage bien lourd,
Qui blesse votre oreille et peut vous rendre sourd.

LARIVE, *avec finesse.*

Madame s'y connaît.....

SCÈNE III.

L'AUTEUR FRAPPE A LA PORTE. LARIVE VA LUI
OUVRIR.

L'AUTEUR, *à Larive.*

Pardon de ma visite.....
Monsieur, je suis venu, peut-être, un peu trop vite;
Mais lorsque vous saurez.....

Larive et l'Auteur s'avancent en scène.

LACAVE, *à mademoiselle Clairon, qui avait examiné*
l'Auteur (A part).

C'est notre original,
L'Auteur en question.....

Mlle CLAIRON, *après l'avoir toisé avec un lorgnon,*
de la tête aux pieds.

Eh! mais, il n'est pas mal.

LACAVE, *à Larive, surpris de la visite d'un homme*
inconnu.

C'est ce Monsieur de qui je vous parlais sur l'heure,
L'Auteur du manuscrit.

LARIVE, *d'un ton poli à l'Auteur.*

Monsieur, dans ma demeure
Je suis flatté de voir un homme tel que vous.

L'AUTEUR.

Je suis reconnaissant d'un accueil aussi doux.

Ici le jeune Colonel qui, pendant le colloque des quatre
acteurs en scène, se promenait en haut du théâtre,
en regardant des tableaux et en se dandinant, revient
vers la rampe et dit:

Messieurs, je me retire.

Il les salue lestement.

Mlle CLAIRON, *en se retournant vers le Colonel, qu'elle*
salue avec grâces.

Et... quand vous reverrai-je?

Pour réponse, le Colonel lui envoie un baiser, en
s'élevant sur la pointe des pieds.

LARIVE *le reconduit jusqu'à la porte.*

Revenu en scène :

A mademoiselle Clairon, à Lacave et à l'Auteur.

Madame, et vous, Messieurs, veuillez bien prendre un siége.

(Chaque acteur prend une chaise et s'assied.)

A l'Auteur.

Monsieur, votre dess..in est de faire jouer

La pièce que voici...

   L'Auteur fait un signe de tête affirmatif.

    Monsieur *(en désignant Lacave),*

     Sans la louer,

Ni la blâmer en rien, est venu pour la lire

Chez moi de grand matin, et je puis vous le dire,

Jusqu'à présent, Monsieur, nous en avons causé.

   Mⁱˡᵉ CLAIRON.

Assurément, Monsieur, nous en avons jasé.

Le sujet en est beau, nerveux et dramatique,

La pensée élevée et même un peu caustique.

   (Elle fixe le manuscrit.)

La pièce me paraît écrite avec rondeur.

(A part à Larive assis à côté d'elle.)

Comment l'appelle-t-on?... je n'en sais rien... d'honneur.

   LARIVE.

C'est la mort d'Alexis, czarowitz de Russie,

Ou bien Pierre-le-Grand qui lui donna la vie,
Que l'Auteur a traduit et présente aux Français.

Mlle CLAIRON.

Ce nom est imposant et promet du succès.

LACAVE.

Oui, si le style est pur, plein de fortes pensées,
Exempt d'expressions, d'images déplacées,
De termes redondants, d'allusions sans sel,
Si tout s'y montre, enfin, sous un jour naturel
Et brillant de clarté. Tel doit être un ouvrage
Qui prétend du public obtenir le suffrage;
Le héros qu'il dépeint doit être respecté,
Et dans tout ce qu'il dit n'avoir rien d'emprunté...
Aussi j'aime ce Pierre.

L'AUTEUR *enchanté, se levant.*

« Et cette Catherine,
» Que Mazeppa demande à l'Être qui domine
» Sur ce vaste univers et sur le cœur des rois, »

Il se rasseoit.

Vous aurez remarqué ce passage à la fois
Pathétique et ronflant.

Mlle CLAIRON.

J'admire ce passage...

A part.   *Haut, à l'Auteur.*
Je n'ai rien vu... d'écrit de plus fort, de plus sage.

LACAVE.

Quelques vers lézardés pourraient se retrancher,
Ou du moins il faudrait un peu les retoucher.

LARIVE, *en se frottant les mains comme s'il limait.*
On ne peut trop polir, comme l'ont dit Horace
Et le divin Boileau, le prévôt du Parnasse.

L'AUTEUR.

Vous pensez donc, Messieurs, que mon Pierre-le-Grand
Ne sera pas reçu, comme un noir revenant,
Par le public français?

LARIVE, *en se levant.*

(Tous se lèvent et reculent leur chaise.)
Non, je crois, au contraire,
Qu'avec des répondants, il fera quelqu'affaire.

L'AUTEUR, *aux trois acteurs.*

Vous pourriez en répondre, et je suis convaincu
Que, par vous introduit, il ne soit très-bien vu:
Je n'en saurais douter, s'il a votre suffrage;
A mademoiselle Clairon, d'un ton pénétrant et flatteur.
Si Madame, surtout, s'intéresse à l'ouvrage.

LACAVE, *avec un sérieux comique.*

Pour lui faire obtenir un succès plus certain,

Il faudrait visiter le major Bonnemain,

Le lieutenant Patraque et le marquis Dorustre,

Le comte de Bravos, puis les croupiers du lustre,

Et vingt-cinq louis d'or le feront recevoir

Aux portes du parterre, à grands coups de battoir,

Par tous les centriers et les courtauds de place,

Qui, sans cela, Monsieur, lui feraient la grimace,

Et peut-être encor pis.

L'AUTEUR *étonné.*

Il me faudrait fournir

A ces mani-potents qui ne font qu'assourdir,

Tout le monde, un tribut pour prix de leur tapage

En ma faveur?

LABIVE.

Monsieur, maintenant c'est l'usage.

L'AUTEUR.

C'est absurde!

LACAVE.

Il est vrai.

L'AUTEUR, *en colère.*

Comment, huit onces d'or!

Ah! que plutôt la peste étouffe le major,

Fasse crever Patraque et vos croquants du lustre...

(Avec dignité.)

Pour chausser le cothurne et devenir illustre,
A-t-on besoin, Messieurs, de semblables appuis?
Le talent véritable a toujours des amis;
Il n'a qu'à se montrer et se faire connaître,
Et Paris, à l'instant qu'il le verra paraître,
Ne manquera jamais de venir l'honorer...
Je sais que bien souvent on cherche à l'attérer,
A lui faire subir les traits de l'injustice;
Que même on le signale au chef de la police,
Comme trop dangereux. Mais quel que soit l'effort
Des grands amortisseurs pour lui faire du tort,
De tous les écrivains et des siffleurs à gage,
S'il lutte avec droiture, il aura l'avantage
Sur ces piteux gacons, ligués pour l'attaquer,
Un auteur est perdu, quand il se fait claquer
Par les gens affamés qui sentent sa faiblesse.
Pour moi, de m'en passer j'aurai la hardiesse.

LARIVE.

Ah! Monsieur, vous courez risque d'être sifflé.

Mlle CLAIRON.

Vilipendé, honni.

LACAVE.

Conspué, flagellé.

L'AUTEUR.

C'est qu'alors j'aurais fait un très-mauvais ouvrage,
Et j'en estimerai le public davantage.

LARIVE.

Je ne dis pas cela..... mais enfin, le public
N'est pas celui.....

LACAVE, *lui coupant la parole.*

Voilà précisément le hic.

LARIVE, *continuant.*

Celui que vous pensez.....

Mlle CLAIRON, *à l'Auteur, en interrompant Larive.*

C'est là pourtant la chose.

LARIVE, *toujours à l'Auteur.*

Peut-être ignorez-vous comment il se compose
Aujourd'hui.

L'AUTEUR.

Mais, je crois, de gens instruits, aisés.

LARIVE.

Sans doute; mais aussi d'hommes mal avisés,
Qui, nouveaux trissotins, gonflés de jalousie,
Et mus par l'esprit faux de camaraderie,

Comparant, sans rougir, Corneille à Campistron,
Osent mettre Racine au-dessous de Pradon.

L'AUTEUR *content.*

Bien, Monsieur.

LARIVE, *continuant.*

      D'autres gens, Patouillets de la presse,
Épiloguant vos vers, les trouvent sans noblesse,
Sans harmonie; ici, c'est un enjambement
Qui rend le poëme obscur, lâche et sans mouvement;
Là, c'est un hémistiche, et plus loin, une rime,
Sur lesquels, doctement, le grimaudin s'escrime,
En citant Aristote, Horace et Juvénal.

L'AUTEUR.

S'il ne fait que cela, je n'y vois pas grand mal.

LACAVE.

Tant s'en faut. Il est bien qu'un Aristarque austère
Avertisse un auteur que la règle première
Qu'il doit exécuter, observer avant tout,
C'est de penser d'abord, puis d'écrire avec goût,
De ne point affecter un trivial langage,
A la syntaxe, enfin, de ne pas faire outrage.

Mlle CLAIRON.

La pièce y gagnerait.

LARIVE, *avec malice*,

Et les acteurs aussi.....

A l'Auteur.

Mais revenons au point dont il s'agit ici,

Au public de la presse intrigante et mobile,

Qui peut, sans nul motif, vous devenir hostile.

Vous auriez d'un sujet fait un excellent choix,

Et de l'art accompli les inflexibles lois,

Vous auriez, dans l'essor de votre heureuse veine,

Mis au jour un Cinna, produit une Chimène,

Ce public de gazette, impuissant à créer,

Mais en revanche aussi fort habile à crier,

Censurer, critiquer, et surtout à médire,

Accourra contre vous incessamment s'inscrire.

Si donc vous n'avez pas de ces malins Frérons

Fait ample connaissance avec les guéridons,

Près desquels un auteur ne saurait trop se rendre,

Au noir des feuilletons vous devez vous attendre

Le lendemain du soir où vous serez joué.

Mlle CLAIRON.

Il faut voir ces messieurs pour en être loué.

LARIVE, *continuant, à l'Auteur.*

Quant au public payant, le public véritable;

Celui dont vous parlez, il est insaisissable.
Spectateur impassible et quelquefois chagrin,
Pour qu'il vous applaudisse il faut le mettre en train,
Par des bravos partis du centre du parterre,
Au moment où l'acteur, d'une voix de tonnerre,

L'acteur doit faire ronfler cette épithète.

Termine une tirade *étouffante* d'effets,
Ce public enivré de ces bravos parfaits,
Croit que l'œuvre applaudie est une œuvre admirée;

L'acteur fait le geste d'un battement de mains.

Il bat aussi des mains..... La pièce est assurée.....
Vous comprenez, en masse il faut le courtiser.

L'AUTEUR.

Moi je suis de l'avis qu'il vaut mieux l'amuser;
Le flatter est peu sage. Un auteur doit, sans crainte
De déplaire au public, se faire une loi sainte
De lui parler toujours avec sincérité.
La franchise n'est pas de la témérité;
Il sait la distinguer dans l'homme de courage
Qui se respecte et veut de l'or sans alliage,
Des applaudissements qui soient de pur aloi,
Qui partent du vrai goût, des cœurs de bonne foi.

D'honnêtes gens, enfin, et non de ces corsaires
Dont il serait urgent de purger les parterres.

LACAVE.

Il n'est point de succès, Monsieur, sans les claqueurs;
Des scéniques tableaux ce sont les protecteurs.

LARIVE.

En effet! surgit-il une brigue rivale!
C'est par eux qu'un auteur résiste à la cabale
Que viennent diriger sourdement contre lui
Ces frondeurs n'existant que par l'esprit d'autrui.

L'AUTEUR, *un peu déconcerté.*

Quoi! pour me soutenir, d'une tourbe grossière,
Il faudrait acheter la claque mensongère,
Les bravos indécents.

LARIVE.

Vous en êtes surpris;
Cependant rien n'est plus reconnu dans Paris,
Et tous nos grands faiseurs se font donner la claque.

LACAVE.

Chaque jour, au matin, le baron de Lampsaque
A l'hôtel Rambouillet, chez Darnaud-Caffardin,
Va prendre le mot d'ordre.

L'AUTEUR, *en riant.*

Ah! vous êtes badin,
Vous voulez plaisanter et vous aimez à rire.

LARIVE.

Rien n'est plus véritable, et c'est là qu'on conspire
Contre un auteur loyal qui n'a de partisans
Que sa vertu, l'honneur et ses propres talents.

L'AUTEUR, *avec chagrin.*

Il faudrait donc, enfin, selon vous, se résoudre
A parler au major.

LACAVE.

Oui! pour vous faire absoudre
Du péché de l'esprit, si votre pièce en a.

L'AUTEUR, *avec un vif dépit.*

J'étais loin de prévoir qu'il fallait tout cela
Pour venir aujourd'hui se présenter en scène,
Et j'aurais bien mieux fait de me rompre la veine
Plutôt que de.....

LARIVE, *l'interrompant avec intérêt.*

Monsieur, ne vous chagrinez pas,
Vous êtes soucieux pour un peu d'embarras.

L'AUTEUR.

Eh! qui ne le serait, je vous prie, en ma place?

Mlle CLAIRON.

Nous voyons que Monsieur n'a pas un cœur de glace.

L'AUTEUR.

Non du tout... Mais pourrais-je à ce point condescendre?

BARIVE.

Monsieur, permettez-moi, ce n'est pas là descendre.

L'AUTEUR.

Comment donc! ce n'est pas s'abaisser, dites-vous!
Eh! que faut-il de plus, s'il vous plaît, entre nous,
Que d'aller sottement mendier le suffrage
D'un major Bonnemain?

LACAVE.

                    Plus d'un grand personnage
Que je vous citerais (si, pour vous animer
A prendre bien la chose, il fallait les nommer),
N'ont pas tant hésité.

Mlle CLAIRON.

                    Non, non, la conscience
A nui plus d'une fois aux arts, à la science;
Et, puisqu'il faut le dire, aujourd'hui je connais
Des gens qui, sans claqueurs, n'auraient point de succès.

LARIVE.

Les assureurs sont tout; on se les rend propices

(En poussant le pouce comme s'il comptait de l'argent.)

Par un peu de liant... et quelques sacrifices.

(Montrant une bague, et tirant sa tabatière qu'il ouvre
en offrant du tabac à l'Auteur)

Mlle CLAIRON, *avec ingénuité à l'Auteur, comme pour*
le persuader.

Monsieur, à mon début, je me suis fait claquer.

L'AUTEUR, *avec un sourire spirituel.*

Comment, Madame... Eh! qui pourrait vous critiquer!

Lorsqu'on est, comme vous, admirable, charmante,

Quand tout en vous séduit, ravit, enlève, enchante;

Qui ne claquerait pas!... moi-même... oui, je le dis,

Je me réunirais aux claqueurs de Paris,

Pour applaudir toujours l'actrice incomparable

Et qui restera longtemps, peut-être, inimitable.

Mlle CLAIRON, *jouant la confusion et baissant un peu*
les yeux.

Monsieur...

LARIVE.

A de la verve.

LACAVE.

On le voit aisément,
Et ce qu'il vient de dire est tout-à-fait plaisant,
Et de bon ton, agréable, ma foi, je vous jure,
Qu'il pourra se placer et faire un jour figure
Parmi nos grands rimeurs, s'il veut nous écouter,
Et des claqueurs, enfin, ne pas trop s'affecter.

Mlle CLAIRON, *à l'Auteur.*

Allons, résolvez-vous.

LARIVE, *à l'Auteur.*

Que ce lieu soit la scène,
Et qu'un public nombreux qui ne fait jamais peine
Au caissier, soit là-bas, par exemple, assemblé.

L'AUTEUR.

Eh bien!

LARIVE *le prenant par la main et s'avançant vers
la rampe.*

(*Elevant le bras avec force, de manière à ce que les
spectateurs se tournent vers le lieu indiqué du doigt.*)

Regardez donc vers ce coin reculé.....

(*L'Auteur regarde.*)

Ce gros joufflu qui porte en sautoir sur sa hanche
Un petit instrument..... C'est l'écuyer Dorlanche,

Le directeur des clés et de l'orchestre à vent,
Dont les sons font frémir...... Il serait convenant
De lui sceller la bouche avec une pistole.

L'AUTEUR, *avec une colère comique et en gesticulant.*

Que je sois confondu si je lâche une obole,
A ce ventru qui fait ce vil et bas métier.

LARIVE.

Vous avez fort raison, on ne peut le nier ;
Mais il faut vous soumettre, autrement, je vous jure,
Que vous serez sifflé, si l'on ne vous assure.

L'AUTEUR, *avec résolution.*

En ce cas, les sifflets ne me feront point peur,
Et je les prendrais tous pour des sifflets d'honneur.

(Un coup de sifflet se fait entendre.)

LARIVE, *à l'Auteur, après avoir souri.*

Je vois avec plaisir, Monsieur, votre courage,
Et de vous seconder, de grand cœur je m'engage.

LACAVE, *qui a ri de la colère de l'Auteur.*

Soyez certain, Monsieur, de tout mon dévouement.

Mlle CLAIRON, *à l'Auteur.*

Monsieur voudrait-il bien jusqu'à mon logement
Venir m'accompagner?

L'AUTEUR, *avec empressement et en lui donnant*
la main,

C'est un honneur, Madame,
Que chacun envierait et qui ravit mon âme.

(La toile se baisse.)

FIN DE LA PIÈCE.

EXTRAIT

D'UNE LETTRE EXPLICATIVE DU SUJET DE LA PIÈCE,

Adressée à M...........

——◆◆◆——

« Quant à la comédie intitulée le SALON DE
» LARIVE, ou LA PIÈCE SIFFLÉE, c'est en quelque
» sorte le prologue de la tragédie de PIERRE-LE-
» GRAND, ou plutôt un tableau de société qu'une
» peinture de mœurs.

» J'ai cru voir dans le groupe des claqueurs
» qui se réunissent sous le lustre, et dans la ma-
» nie des applaudissements de commande qui fa-
» tiguent et étourdissent les oreilles des specta-
» teurs payants, un ridicule à fronder. L'ai-je
» saisi? c'est ce que le public décidera, si cette
» bluette mérite l'honneur d'être jouée devant
» lui.

» Je sais que souvent les auteurs comme les
» acteurs qui débutent, salarient ces gens-là
» pour obtenir d'eux des applaudissements e une
» espèce d'ovation qu'ils croient essentiels et né-
» cessaires, les premiers au succès de leurs ou-
» vrages, les seconds à leur réputation d'artistes
» dramatiques. Je n'envierai point le suffrage de
» ces assureurs de pièces, qui gâtent la profession
» de l'homme de lettres, en encourageant la mé-
» diocrité du talent à multiplier ses œuvres in-
» formes et dénuées d'intérêt, aux dépens du gé-
» nie modeste qui hésite à se produire. »

LE

CARILLON

PATRIOTIQUE,

AUX

ÉLECTEURS DE FRANCE,

PUBLIÉ EN 1830.

NOTE DE L'ÉDITEUR.

Cet opuscule, où respirent la haine du fanatisme et l'ardent amour de la liberté, a été composé quelques jours avant les élections de 1829. Les vérités qu'il renferme sont incontestables, et on ne peut s'empêcher d'y reconnaître les sentiments qui ont présidé aux glorieux événements des 27, 28 et 29 juillet 1830, et il semble, en effet, que l'auteur les ait prédits, conseillés et conduits.

Il est impossible de faire avec plus de clarté, d'ordre, de précision, d'énergie et de noblesse, le tableau de la chute du grand Empire, de rappeler à la mémoire des Français avec plus de verve les suites de cette catastrophe sanglante, et l'irruption des débris de Coblentz, s'avançant au milieu des charrois ennemis, et s'abattant, après la bataille de Waterloo, comme des vautours sur leur patrie morcelée et livrée depuis la restauration des Bourbons au triple joug des étrangers, de l'autel et de la caste nobiliaire.

Que cette voix terrible, sortant du champ lugubre du Mont-Saint-Jean, est imposante! comme elle peint vivement la grandeur des pensées du poète patriote qui s'indigne de l'état d'humiliation dans lequel un pouvoir mesquin, jaloux et tracassier, a laissé les glorieux restes d'une armée qui avait vaincu l'Europe.

Avec quelle force de langage il fait remarquer les préférences injurieuses données par l'absolutisme, aux terroristes de 93 et aux caméléons de l'Empire, sur le mérite modeste réduit à l'indigence, qui n'a de zèle et de dévouement que pour la chose publique. Quelle ombre au tableau que celle de Marat, retournant son bonnet rouge et obtenant les faveurs de la congrégation, tandis que nos vieux guerriers étaient renvoyés aux carrières et repoussés avec dédain par la dynastie déchue.

Quelle apostrophe aux hommes du lendemain, faciles à reconnaître aux traits du pinceau! on ne peut s'y méprendre; leurs caractères sont tracés de main de maître, il les marque au fer rouge. Ici, ce sont les frelons bien connus qui se jettent sur le miel des abeilles et s'en emparent, ainsi que font aujourd'hui les Bertrands accourus du fond de la province, pillant les marrons tirés du feu par les ratons de Paris, auxquels on escamote le prix de la victoire pour le donner à ceux qui délibéraient pendant qu'on se battait; ou, qui pêchaient à la ligne, à Quimper-Corentin, lorsqu'on mitraillait le peuple à la Grève, au Louvre et sur les boulevards. Là, c'est l'assassinat juridique de Ney, consommé en mépris des traités; les meurtres de Brune et de Ramel; plus loin, les Verdets et les Missionnaires épouvantant la France de leurs cris incendiaires, dont l'impunité a outragé la morale et les lois.

Oui, il y avait du courage à fronder ainsi en face cette espèce d'hommes dévoués à la servilité, dont Paris a fait une si éclatante justice. Ils étaient

alors au pouvoir, et l'on sait comment les parquets
monarchiques en usaient envers les écrivains qui
se permettaient la liberté grande de dévoiler l'am-
bition sacerdotale et la cupidité des ventrus de l'é-
poque.

Engager les électeurs des départements à n'en-
voyer à la Chambre que des hommes purs et dé-
sintéressés, des constitutionnels distingués par
leur probité politique, était aux yeux de la faction tombée avec fracas, aux applaudissements
de toute la France, une tentative de sédition pen-
dable. De zélés substituts et de braves gazetiers,
comme il y en avait tant, n'eussent pas manqué
de provoquer des condamnations contre l'auteur,
si son ouvrage eût paru. La presse s'est refusée à
lui donner de la publicité, parce qu'elle craignait
en ce temps-là de s'exposer à des poursuites.

Il faut donc tenir compte à chacun de ses œuvres et de ses intentions en faveur de la cause qui
a triomphé en 1830.

Sous ce rapport, l'auteur de cette production,
qui a joint l'exemple au conseil, et payé de sa

personne, dans les glorieuses journées de juillet,
où il s'est montré soldat-citoyen, a quelque droit à
l'estime publique, et on ne lui refusera pas, sans
doute, cette faveur, à laquelle il attache le plus
grand prix.

MORLÈS.

———

A MONSIEUR LE MARÉCHAL

Comte Gérard,

MINISTRE DE LA GUERRE.

Permettez que ma muse, au retour du bel âge (1),
De l'un de ses essais ose vous faire hommage.

Ce ne sont pas des vers longuement médités,
De rose répandant une odeur ravissante,
Que j'expose au grand jour, et que je vous présente.
A de telles fadeurs mes goûts sont peu portés.

Au noble Maréchal dont la France s'honore
Il faut d'autre parfum que l'essence de fleurs,
Et le patriotisme aux vivaces couleurs,
A pour lui plus d'attraits que les bouquets de Flore.

---

(1) Le règne de Philippe 1er.

10.

Les genres ne sont pas tous encore épuisés;
Dans la littérature, ainsi que dans la guerre
Il reste des sentiers qui ne sont pas usés,
Où l'homme entreprenant trouvera son affaire.

Le génie a prouvé qu'il est de tous les temps;
Et malgré les efforts de la crasse ignorance,
Pour le vilipender et l'expulser de France,
Sa lumière a paru dans presque tous les rangs.

Qui pourrait en citer où sa vive étincelle
N'eût brillé d'un éclat aussi pur qu'étonnant!
Vous la voyez agir dans cet adolescent
Qui va ceindre son front d'une palme immortelle.

Le besoin de la gloire a conduit son grand cœur;
Il se ressouvenait des leçons de l'école,
Et moderne d'Assas, soupirant pour l'honneur,
Sur le pont de la Seine il grave un autre Arcole.

Je m'arrête... quoi donc agite ce papier!...
Devais-je être témoin, ô ciel! de cet outrage...
L'on prodigue aux Bertrands les fleurons du courage,
Quand vainement Bayard tend son casque guerrier.

Vous appartenait-il le prix de la victoire!
Vous qui tiriez la cible à Quimper-Corentin;
Lorsque la Renommée, un beau jour au matin,
Y redit de Paris les périls et la gloire.

Ah! par pudeur au moins, attendez que les preux,
Dont le sang a rougi le pavé de la Grève,
Soient placés à leurs rangs, ou que leur sort s'achève,
Pour venir vous pousser et marcher devant eux.

Illustre Maréchal, en vous j'ai confiance;
Vous savez que mon nom ne manque pas d'éclat,
Et que pendant vingt ans j'ai défendu l'état...
Mes vœux sont de rentrer au service de France.

LE
CARILLON
PATRIOTIQUE,
AUX ÉLECTEURS DE FRANCE
EN 1829.

Lorsqu'après un long temps de triomphe et de gloire,
La France à ses drapeaux vit faillir la victoire ;
Quand l'ennemi vainqueur, les regards irrités,
De l'est à l'occident assiégeait nos cités ,
Et que de toutes parts ses hordes mercenaires,
Sans nulle résistance occupaient nos frontières,
La France subjuguée, alors frappée à mort,
Du faible qui succombe a dû subir le sort.

Elle a dû supporter la morsure cruelle
Des tigres de Coblentz précipités sur elle ;

Comme un lion malade endurer les affronts
Des baudets accourus de la plaine et des monts,
Au formidable bruit de mille caronnades,
Qui livrèrent ses flancs à leurs lâches ruades.

Alors ce n'était pas un complet déshonneur
De recevoir les coups des ânes en fureur,
Et de se résigner aux plus sanglants outrages.
De la vie au néant tels sont les durs passages.
Il fallait accepter, de force et malgré tous,
Les fers que Metternich destinait contre nous;
Fers qui furent cent fois rompus par les mains fières
De nos vieux défenseurs renvoyés aux carrières.

Mais ce qu'on a souffert d'un insolent vainqueur,
Peut-il se supporter quand on sent sa vigueur,
Lorsque l'on a repris une force nouvelle,
Et qu'on doit redouter une honte éternelle?

Dans les sacrés écrits l'exemple de Samson,
Sous d'indignes ciseaux, tombé par trahison,
Indique aux cœurs bien nés ce qu'il leur reste à faire.....
L'Hercule hébreux brisa l'enveloppe grossière

Qui gênait l'action de ses robustes bras ;
Et sur les Philistins fit rouler le trépas.

Qui peut nous empêcher de suivre cet exemple,
Admiré d'Israël, et que Sion contemple
Comme un de ces beaux faits qui dilatent le cœur,
Et lui font préférer la mort au déshonneur !

Des congrès ambulants la monarchique forge
Ne coule plus le fer tenu sur notre gorge :
Ce fer n'est plus à craindre, et ses côtés tranchants
Sont émoussés, atteints par la rouille du temps.

Des Philistins français serait-ce la furie,
Ou les cris insensés de cette coterie
Sans talents, sans honneur, sans probité ni foi,
Qui vous inspireraient maintenant de l'effroi ?

Seraient-ce un Benaben, un Dudon, un Madrolle,
Un Marcellus qui rampe au pied du Capitole,
Mayrinchac, Pardessus, Guernon (le Fabricien)
Qui fit des vers auxquels personne n'entend rien,
Kerantlec, Peyronnet, de Bonald, Laboulaye,
Capelle, de Pina, Martin, Labourdonnaye,

Qui-Cottu, Frénilly, l'Avocat Henrion,
Le Gascon Marcassus, Vilelle, Carion,
Genoude et son fusil qu'amorce la Gazette,
Martainville et Joson, embouchant la trompette
Que Josué laissa tomber sous Jéricho;
Trompette qui n'a plus ni de son, ni d'écho,
Et dont ces charlatans, enflammés de colère,
Tentent de se servir pour effrayer la terre.

Ce serait reconnaître en vous peu de grandeur
Que de vous supposer susceptibles de peur,
En face des roués de fantasmagorie,
Et des caméléons qui n'ont plus de patrie.

Que peuvent contre vous leurs frénétiques bruits,
Leurs soleils d'artifice à la cour introduits,
Parce que vous usez de vos légales armes.
Méprisez leurs clameurs et leurs fausses alarmes;
C'est le mugissement de ces feux souterrains
Dont la fureur se perd dans des antres lointains,
Et qui ne font trembler que des âmes vulgaires.
Vous ne voulez plus d'eux pour faire vos affaires;
De là ces cris de rage et ces trépignements
De ce frêle parti, reste obscur des trois cents,

Dont la France abusée et l'urne électorale!
Vont à jamais flétrir la marche déloyale.

Est-ce, en effet, loyal que des hommes perclus
Sollicitent l'honneur d'être par vous élus,
Pour aller exposer au Roi nos doléances,
L'excès de nos malheurs, nos maux et nos souffrances,
Eux qui seuls en sont cause, et seuls ont profité
Des attentats commis sur notre liberté ?

Un essaim bourdonnant, voilé de sombres crêpes,
Parle-t-il à son Roi par l'organe des guêpes,
Et le frêlon ventru peut-il bien sûr sa foi,
Des travaux de la ruche entretenir le Roi ?

Un ordre si nouveau serait contre nature;
La raison en frémit, le bon sens en murmure,
Et l'on sait que l'abeille à l'aspect du frêlon,
Aurait, fondant sur lui, perdu son aiguillon,
Plutôt que de souffrir que le vil parasite
Côte à côte du Roi vînt établir son gîte,
Lui servît d'interprête et vécût aux dépens
De l'essaim dont l'essor est respecté des vents.

Du grand rucher français vous êtes les abeilles;
Le trésor de l'État se remplit par vos veilles,
Et la cire qui brûle au palais de nos Rois,
S'épure et s'embellit sous vos habiles doigts;
Les bras de vos enfants, appelés par la France,
Pour conserver sa gloire et prendre sa défense,
Sont les seuls bras auxquels elle doit son salut.

Vos enfants sont-ils faits pour être le rebut
De cette faction dont l'impudeur extrême
Exerce insolemment les droits du diadème?
Qui de la royauté s'applique les faveurs,
Garde pour vous le mal, pour elle les honneurs,
Vous traite de *vilains*, et de vous ose encore
Espérer de tenir cette verge sonore,
Ce fouet pliant, pareil au knout ensanglanté,
Dont il veut vous frapper avec légalité.

Sur les plans du parti que la France redoute,
L'homme éclairé ne forme et n'a plus aucun doute;
Ces plans sont avérés, ils vous sont découverts,
La prison, *les cachots*, *l'échafaud et les fers*,
La mort!!! la mort!!! tels sont les cris de cette ligue,
Qui n'a pour tout esprit que l'audace et l'intrigue,

Et qui va recruter ses fougueux adhérents,
Dans des parquets obscurs et le fond des couvents.

Il fait plus : il les cherche en sa fureur bizarre,
Dans ce que le royaume a d'abject et d'ignare.
Tout sujet immoral, s'il a du dévouement,
De la bassesse, est sûr d'un prompt avancement;
Et pour peu qu'il aboie ou qu'il ait l'œil sinistre,
Il peut compter qu'un jour il deviendra ministre.

Oui, je le dis sans crainte (et c'est la vérité,
Dût-elle dans les fers me jeter, arrêté).

Si, sortant de sa tombe, armé par la vengeance,
Marat reparaissait sur le sol de la France;
Si, semblable à Protée et Tartuffe nouveau,
Au lieu d'un bonnet rouge il portait un chapeau,
Et changeant tout-à-coup de rôle et de système,
Contre une auguste Charte il lançait l'anathème;
Ou, si les yeux vairons, pleins d'hypocrites pleurs,
Et fatiguant le ciel de ses fausses terreurs,
Il jurait de remplir, en faveur des sectaires,
L'exécrable tracé de ses plans sanguinaires,

Et qu'à côté de lui se présente un soldat,
Revendiquant sa part des emplois de l'État,
Pour prix de ses travaux voués à la patrie ;
Oui ! le hideux Marat, type de barbarie,
L'exalté démagogue au guerrier non titré,
Serait par nos dévots pour l'emploi préféré.
Oui ! le tribun cynique aux trois cents milles têtes,
Dont les crânes devaient orner d'horribles fêtes ;
Monstre tonnant jadis contre la royauté ;
Qui voulait dans le sang noyer la liberté,
Et déclinait ses vœux pour voir à ses fenêtres
Tous les Rois accrochés par les boyaux des prêtres
(Pourvu qu'il eût paru devant un bénitier,
Fait amende burlesque aux pieds d'un aumônier),
Sur l'homme vertueux, en butte à l'indigence,
Près de nos *Trissotins* aurait la préséance.

Chacun d'eux, au besoin de nouveau converti,
Aurait une réserve, un budget consenti :
L'or, l'argent, les cordons et les grâces de Rome,
De tous côtés viendraient pleuvoir sur le saint-homme ;
Et qui sait, ô mon Dieu ! si, pour ces vieux méfaits,
Il ne serait pas mis au nombre des préfets,

Ou que plus haut encore on ne le fît paraître...

A l'hôtel du Dieu Mars, ne voit-on pas le traître (A),

Qui, vers le camp anglais, précipitant ses pas,

A livré nos guerriers aux foudres du trépas ?

En tous lieux les fauteurs de projets patricides,

Nos mortels ennemis nous sont donnés pour guides.

Les plus sinistres noms, les contempteurs des lois,

Sont ceux que l'on appelle à défendre nos droits,

A veiller au maintien du pieux édifice

Qu'un Roi législateur, fermant le précipice,

Creusé par vingt-cinq ans de révolution,

L'olivier à la main rapporta d'Albion.

Vous les connaissez tous, ces verdets mercenaires,

Toujours prêts à se vendre à des cours étrangères,

A voter pour la Suisse un dégradant tribut,

Dont personne n'ignore et la cause et le but....

Quel est donc leur mérite ? — Ils ont de l'insolence !

Le sang d'un maréchal signale leur vaillance,

(A) Bourmont.

Et celui de Ramel, répandu sur leurs cris,

Nomme les assassins du Carré Saint-Denis!

Mais qu'ont-ils donc, enfin, pour qu'à vos yeux sans cesse

On étale leurs noms ? — Ce qu'ils ont! — La souplesse,

Un excès d'amour-propre et de fatuité,

Une haine du peuple et de la liberté!

Ici, c'est un marchand d'anis et de briquette (A),

Que, pour avoir un jour jeté bas sa jaquette

(Dont il était naguère artistement vêtu),

Et singé d'un Bellart la vénale vertu,

En débitant un sombre et lourd réquisitoire,

Une tête au poignet, l'on exalte au prétoire.

Là, c'est un fanfaron qu'un héros autrefois

Déroba, par clémence, à la rigueur des lois (B),

Qui veut nous implanter la morgue olygarchique

Des fastueux dandys du sénat britannique.

Il ira vers son but avec rapidité,

Si, par vous, en sa course, il n'est pas arrêté

————————————————

(A) Mangin, fils d'un épicier de Metz.

(B) Polignac.

Et mis, comme un Judas, dans l'heureuse impuissa.
Au char de Wellington de garotter la France.....
Et peut-il faire moins, sans paraître un ingrat,
A celui qui le pousse au timon de l'État?

Wellington!!! A ce nom quelle française veine
N'éprouve pas soudain le transport de la haine;
Ne sente bouillonner son héroïque sang,
Et n'aspire à détruire un punique ascendant!!!!!

Vous n'avez pas encore oublié la furie
D'un ennemi sans foi, rué sur la patrie,
Le meurtrier de Ney, l'arrogant général,
Qui laissa sur un Pair siffler le plomb fatal....
Qu'il garde ses présents, ce n'est pas notre affaire
De recevoir des dons de la vieille Angleterre (1);
Sommes-nous ramenés aux temps des favoris,
Aux règnes des jupons dont rougissait Paris?

Ce que la France veut, c'est de briser l'entrave
Qui la rend d'un clergé le jouet et l'esclave;

---

(1) Timeo Danaos, dona que Ferentes......

De remonter au rang d'où de félonnes mains
L'ont fait déchoir un jour, en dépit des humains....

« Électeurs! près de vous, voyez ce qui se passe ;
» Voyez si vous devez fléchir devant l'audace
» Et le stupide orgueil du parti de castel,
» Qui vous ronge en faisant du trône et de l'autel....

» Il a, sans compte aucun, gaspillé vos richesses,
» S'octroyant, de son chef, de nombreuses largesses :
» Il s'est arrogamment, à son profit, voté,
» Dix fois cent millions de francs d'indemnité,
» Et, pour comble d'horreur, par de ruses grossières,
» Permis de recouvrir le sol de Jésuitières.

» Il vous a pressuré, taillé comme un troupeau,
» Auquel un maître dur n'a laissé que la peau.

» Vous n'aurez bientôt plus que les forêts prochaines,
» Pour aller dévorer vos malheurs et vos peines,
» Ou l'honneur de venir, en sujets repentants,
» Tendre une main soumise aux portes des couvents. »

Ce n'est pas une erreur de mon âme attristée,
Qui dirige et conduit ma plume épouvantée

Du pitoyable état où nous sommes réduits;
Hélas! je suis certain de tout ce que je dis.

Les travaux suspendus ont produit la misère,
Le commerce appauvri n'engraisse plus la terre;
Le crédit est tué : la gêne et l'embarras
Partout se font sentir. La peste des États,
Le fanatisme ardent, avec ses chants funèbres,
Cherche à nous rejeter au milieu des ténèbres.
Lui seul a prospéré, depuis que l'étranger
Sous l'autel d'Escobar est venu nous plonger,
Et l'on peut soutenir, quoiqu'un prélat en dise,
Que le pactole coule aujourd'hui dans l'église.

De ce fleuve, pourtant, les fécondantes eaux
Qui font fleurir l'autel, la bourse et les châteaux,
Et dont la fraîcheur manque au sommet des montagnes,
Ne devraient-elles pas arroser nos campagnes,
Atteindre les hameaux, tomber dans les vallons,
Et tremper de ses sucs nos prés et nos sillons?

Ainsi, du corps humain le principe de vie,
Le sang, en circulant, nourrit chaque partie,

11

Et fait mouvoir le tout sans peine et sans effort ;
Qu'il se fixe un instant ! c'en est fait, l'homme est mort.

Tel est le mal moral qui tourmente la France ;
D'un côté les besoins, de l'autre l'abondance ;
Et qu'on ne dise pas qu'en peignant nos douleurs,
Je charge mon tableau de trop vives couleurs,
Qu'à vos yeux déroulant la publique misère,
Insciemment j'en parle, ou que je l'exagère.
C'est un fait qu'on ne peut repousser un instant,
Pas plus qu'on ne pourrait nier le mouvement.
L'infortune du peuple égale, en sens inverse,
L'aisance du parti qui corrompt, bouleverse,
Et menace l'État de ses coups de fureur....

Ce n'est plus un Bourbon, c'est un gladiateur
Qui lui faut sur le trône, et non un prince juste,
Posant une limite à sa puissance auguste.
C'est le pouvoir sorti du cerveau des Romains,
Qu'il voudrait mettre encore en ses débiles mains,
Attacher, réunir au pouvoir qu'il exerce :
La dictature, enfin, voilà ce qui le berce.
Voilà ce qu'il demande, et qu'il espère un jour
A votre indifférence arracher sans retour.

Et c'est lorsqu'il s'agit de vos devoirs austères ;
Lorsqu'il vous faut nommer des députés sincères,
Que ce lâche parti, qui trafique de tout ;
Qui veut vous renverser et rester seul debout,
Vous dicterait les choix à présenter au prince,
Comme si vous étiez *des bonneaux* de province,
Des grossiers paysans que le ciel dédaigneux,
N'eût point voulu pétrir d'un limon gracieux.....

Pour vous représenter, point de folliculaires,
Ni de ces hobereaux, ni de ces gens d'affaires,
Connus par leur bassesse et leur servilité,
Par leur soif de grandeurs et leur avidité....

Électeurs ! entre vous, les intrigants à gage
Et la caste à blason, un grand combat s'engage.
C'est un combat à mort, un autre Waterloo,
Où la Charte et les lois vont trouver leur tombeau,
Si vous manquez d'ardeur et de patriotisme,
Si, dans vos cœurs tremblants, il n'est plus de civisme,
Et si vous ne luttez avec cette vigueur
Qui distingue, en tous temps, le brave au champ d'honneur.

Il s'agit, en effet, d'être ou de ne pas être,
Si nous devons subir l'orgueil de plus d'un maître,

Si, comme Prométhée, au Caucase attachés,

Il nous faut sur nos corps voir les vautours perchés,

Et leurs becs dévorants, plongés dans nos entrailles,

Du Mont Saint-Jean combler les tristes funérailles.

De notre abaissement les temps sont accomplis :

Et du champ de bataille où sont ensevelis

Les ossements des preux tombés pour leur patrie,

Une terrible voix perce, s'élève et crie :

« Français ! laisserez-vous plus longtemps sans honneur

» Nos compagnons soustraits à l'Anglais en fureur ?

» Ils s'armèrent pour vous. Songez que l'esclavage

» S'avance et suit de près le manque de courage,

» Que c'est moins par des pleurs et des gémissements,

» Que par des mains de fer qu'on échappe aux tyrans ;

» Qu'on se dérobe aux coups de ces agents de proie,

» Que l'étranger jaloux chaque jour vous envoie,

» Dans le but avoué de flétrir vos lauriers,

» Et de vous affubler de croix de Cordeliers.

» Craignez-vous de périr, en leur faisant la guerre ?

» Eh bien ! mourir n'est rien, c'est votre heure dernière ;

» C'est gravir, glorieux, à l'immortalité,

» Et rentrer dans l'honneur avec la liberté.

» De ces biens précieux que nos efforts insignes

» Vous acquirent jadis, n'êtes-vous donc plus dignes?

» N'êtes-vous plus du sol d'où sortit, autrefois,

» Cet essaim de héros fameux par leurs exploits;

» Qui portèrent leurs noms aux deux bouts de la terre?..

» Alors, pourquoi souffrir cette tourbe étrangère,

» Cette bande d'adroits et d'effrontés filous

» Qui viennent se poster et marchent devant vous?

» Pourquoi donc plus longtemps permettre aux fanatiques

» D'occuper le timon des affaires publiques,

» Et de faire mentir perfidement la loi

» Qui déclare commun aux Français chaque emploi,

» Et ne connaît entr'eux de titre à préférence

» Que la seule vertu, les mœurs et la science?

» Vous souffrez qu'une ligue accorde, impunément,

» A des Camarillas votre or et votre argent,

» Tandis que vos guerriers meurent dans la misère,

» Réduits, à votre honte, au sort de Bélisaire.

» O peuple généreux dont l'écho de Paris

» Jusques aux sombres bords a reporté les cris!

» N'avez-vous donc plus rien de la mâle énergie

» Qui naguère vous fit repousser la furie

» Des étrangers armés qu'appelle encor la voix

» De ces mêmes faquins, vaincus en tant de fois,

» Et qui, toujours épris de leurs vieilles chimères,

» Veulent redevenir les seigneurs de vos terres?

» Souffrirez-vous, sans fin, que ceux dont les mépris

» Sont pour vous, dans leurs yeux, distinctement écrits,

» Ces sectaires d'Omar, ces verdets sibarites,

» Ces caffards au col tord, autres Amalécites,

» Dont les fauves regards épouvantent le ciel,

» Viennent vous imposer et gruger votre miel ????

» Eh bien! choisissez-les. Pour plaire aux chatelaines,

» Allez vous décorer de leurs vassales chaînes.

» Allez tendre vos mains à ces anneaux d'acier

» Que vous tient préparés le claustral atelier ;

» Livrez-leur tous vos droits, et faites-vous ilotes

» De ces anti-Français devenus vos pilotes,

» Et si ce n'est assez, prosternés, à genoux,

» Abandonnez vos fronts au plus honteux des jougs!

» Vous aurez mérité des marguilliers de Rome

» Et des adulateurs du singe du *grand-homme*.....

» Mais vos cœurs sont déjà saisis d'émotion,

» Au cri de mort parti de l'émigration;

» Vous frémissez de voir vos subtils adversaires
» Se présenter pour être encor vos mandataires ;
» Vous les repousserez : c'est par trop d'une fois
» Confier vos destins aux brocanteurs des lois. »

Du 27 juillet.

Je te rends grâce, ô ciel ! la lutte enfin commence,
De tous côtés, en masse, un grand peuple s'avance ;
A son sublime aspect le sol a tressailli.

29 juillet.

Au château de Saint-Cloud Charles-dix a pâli.

En vain, il se flattait que sous les coups d'un traître,
Paris, la nation, tout allait disparaître ;
Il s'est trompé. Paris, appuyé sur ses droits,
S'est montré plus puissant que la foudre des Rois,
Que les tubes d'airain de l'infâme Raguse ;
Que l'argument du sabre, et les feux d'arquebuse ;
Et trois jours de combat aux tyrans ont prouvé
Qu'un peuple ne peut être impunément bravé.

Gloire, immortelle gloire, à la jeune Lutèce!
Que son nom soit loué dans nos chants d'allégresse,
Et qu'en honneur des preux, broyés sous le canon,
La France libre érige un nouveau panthéon.

FIN DU CARILLON PATRIOTIQUE.

ÉPITRE

A MESSIEURS

Villemain et Lacretelle,

COMPOSÉE

A L'OCCASION DE LA LOI SUR LE RÉTABLISSEMENT
DU DROIT D'AÎNESSE,

Présentée aux deux Chambres, par M. de Peyronnet,
Garde-des-Sceaux sous Charles X.

11.

ÉPITRE

A Messieurs Villemain et Lacretelle.

Dans tous les cœurs bien nés qu'un noble dévouement
Inspire un doux transport, un tendre sentiment!
Qu'on aime à retrouver cette vertu sublime
Qui fit courir *Bouillon* sous les murs de Solime,
Curtius dans le gouffre et le Christ à la mort,
Dans le faible bravant les menaces du fort,
Et repoussant de lui l'or de la félonie.

Qu'on est flatté de voir ces hommes de génie,
Ces graves écrivains, la gloire de l'État,
S'émouvoir à l'aspect d'un funeste attentat,
Le signaler au prince au prix de leur fortune,
Et rentrer, sans regret, dans la classe commune.

Comme l'on s'intéresse, on prend part à leur sort;
Comme chacun voudrait réparer tout le tort
Que leur fait un pouvoir inepte et tyrannique,
Et comme l'on maudit le cabinet inique,
Le ministre fougueux dont l'orgueil irrité
S'est vengé bassement d'un savant respecté,
Parce qu'en noble et libre et loyal pair de France,
Ce docte avait voté, selon sa conscience.

Ah! que ce mouvement de vos cœurs généreux
Contre un projet sinistre, immoral, désastreux,
Villemain, Lacretelle, a pénétré mon âme!
Comme j'ai partagé ces discours pleins de flamme,
Où vous fîtes sentir, dans votre saint effroi,
Les maux ressortissant d'une vandale loi....

Se peut-il qu'un ministre, un conseiller du trône
Ait osé, sans frémir, déclarer la couronne,
Le Roi capable, un jour, d'enfreindre ses serments...
Et dans quels intérêts? pour des prêtres errants;
Pour des ignorantins, œs Marats en soutane,
L'opprobre de nos camps, rebut de courtisane;
Pour des cuistres vomis des bords de l'étranger,
Des charlatans mitrés ne sachant que manger,

Intriguer à la cour, prêcher l'intolérance,
Et d'un Dieu de bonté faire un Dieu de vengeance;
Et c'est pour ces intrus aux pieds plats, au col tord,
Qu'on livrera la France au sommeil de la mort!

C'est à l'honneur du froc et pour complaire à Rome,
Rome qui ne peut voir, sans envie, un grand homme,
Et qui, parlant sans cesse au nom de l'Éternel,
Vise secrètement au sceptre universel,
A remettre les Rois faibles sous sa tutelle,
A faire, à qui la nie, une guerre cruelle,
Que l'on sacrifiera nos arts, nos libertés;
Qu'on prétend nous livrer liés et garottés!!!

A ce grand coup d'état, à pareille entreprise,
Qui ne reconnaîtrait tout l'esprit de l'église!
Cet esprit remuant, jaloux, astucieux,
Dont l'invisible bras s'élève jusqu'aux cieux!
Qui ne reconnaîtrait, ce monstre fanatique,
Spéculant, éhonté, sur la douleur publique;
Qui veut l'aumusse au front régner par la terreur,
Et remplir l'univers de sa lâche fureur;
Qui veut porter le fils à dénoncer son père,
La fille à mépriser les leçons de sa mère,

Le frère à s'enrichir de la dot de sa sœur,
Et les chefs des États à forfaire à l'honneur.

Comme au temps de la ligue il vient mettre la marque
Sur la porte de ceux que le béat monarque,
Le dictateur fortis, du haut du Vatican,
Aura dit de proscrire ou de vendre à l'encan.
Il vient préconiser, renouveler en France,
D'un prince (1) au lit de mort la bigote ordonnance (2),
Et bannir à jamais les Français généreux
Qui n'auraient pas marché sous son joug odieux.

C'est dans ce but ignoble et pour ouvrir la voie,
Que sa phalange obscure en ordre se déploie,
Se compte et se redresse au temple de nos lois (3),
Et des francs députés vient étouffer la voix.

---

(1) Louis XIV.

(2) La révocation de l'édit de Nantes.

(3) Les trois cents ministériels, surnommés *les trois cents
Spartiates du budget.*

C'est pour exécuter ses plans liberticides
Qu'on forme à Saint-Acheul un dépôt de séides;
Qu'à Mont-Rouge on aiguise, on forge des poignards,
Et qu'on fait manœuvrer la troupe des mouchards.....

Hypocrites puissants! quoique vous puissiez faire
Pour réduire et forcer tout un peuple à se taire,
La censure à ne plus essayer ses pinceaux,
Elle saura vous peindre avec tous vos défauts.

En vain, pour échapper à sa critique austère,
Sous vos épais boisseaux vous mettez la lumière;
De vos gothiques mains, en maîtres Escobars,
Vous cherchez à briser les instruments des arts,
Et tentez de ravir au burin de l'histoire
Vos horribles projets et nos vingt ans de gloire.

En vain, de timbres secs et de vos lourds marteaux
Vous menacez la presse et les livres nouveaux,
Et dans son noble essor d'arrêter la pensée;
Elle s'échappera plus vous l'aurez pressée;
Et comme le salpêtre, en un tube enfermé,
Rompt avec plus d'éclat, dès qu'il est enflammé,

L'enveloppe d'airain qui le foule et le serre,
Telle, elle brisera votre entrave éphémère,
Les indignes lieus que vous lui préparés,
Et par où de grandeurs et de sang altérés,
Vous voulez recourir aux *rigueurs salutaires*... (A),
Et vous parlez d'amour, quand de vos vils sectaires,
On voit sous les manteaux les coutelas sacrés....

Pervers! le temps n'est plus où les Francs timorés,
Qu'on tourmente sans fin, qu'on vexe et qu'on abuse,
Tombaient, les yeux flétris, sous les coups d'arquebuse;
Pour un lapin tué garnissaient vos gibets,
S'attelaient à vos chars, parcouraient vos forêts,
Pour en traquer le cerf et les chevreuils timides,
Puis les remettre, en chiens, entre vos mains cupides.
Ne nous souvient-il plus de ce qu'ils ont été,
Et comment, secouant votre joug détesté,
Ils ont sur vous rompu les fers de l'esclavage?

———————————————————————

(A) On ne parlait alors que de rigueurs salutaires et de
charges de cavalerie à exécuter sur les élèves des écoles de
Droit et de Médecine de Paris, indignés des abus de cette époque d'iniquités.

Quand donc cesserez vous de provoquer l'orage,
Qui naguère emporta le juste couronné,
Et plongea dans le deuil un peuple consterné?
En avez-vous déjà tous perdu la mémoire,
Et faut-il sous les yeux vous en mettre l'histoire,
Vous rappeler quel sang, versé par le bourreau,
Coulant à travers sol, comme un vaste ruisseau,
Allait grossir le cours de la Seine éplorée,
Par la main de ses fils la France déchirée?.....

Toujours la même cause a produit même effet;
Mais qu'importe pour vous un déplorable fait.

« Que la terre s'entr'ouvre et que tout s'engloutisse,
» Et qu'avec les Bourbons la Charte encor périsse,
» Ce pacte auguste, objet de haine et de fureur,
» Dont le nom commun seul nous fait frémir d'horreur,
» Qui suffoque nos cœurs dévorés d'égoïsme,
» Qui protège le peuple, exclut le despotisme,
» Plutôt que de souffrir qu'il reste plus longtemps,
» A l'abri de nos coups, sous la foi des serments.

» Un pacte qui ne veut, ni de serfs ni d'esclaves,
» Est un pacte qu'il faut emmailloter d'entraves;

» Qu'il nous faut déchirer pour dompter l'univers,

» Et parvenir, un jour, à le couvrir de fers.

» Lacérons-le; pour nous le moment est propice;

» Pour nous, nous n'avons pas, il est vrai, la justice;

» Mais ce qui vaut bien mieux, nous avons Metternich,

» Le grand Turc de Stamboul, le boyard Polowich,

» Le muphty, les pachas, la Suisse et Parthénope,

» Et l'Irlande et l'Espagne, Appony, lord Stanhope,

» Les bedeaux de paroisse et les persévérants;

» Ce que le globe, enfin, renferme de couvents.

» Avec de tels supports nous n'avons rien à craindre;

» Plus de ménagements, cessons de nous contraindre,

» Jetons à bas le masque et sans trembler d'effroi,

» Déchirons cette Charte au cri « *vive le Roi* » (1).

Vos vœux, hommes félons, dont l'extrême ignorance

N'a cessé de causer les malheurs de la France,

Et qui, pour satisfaire un orgueil insensé,

Ouvrez encor l'abîme où le trône a versé,

---

(1) C'était ainsi que les fanatiques des *trois cents* s'expri-
maient à la tribune : Vive le Roi! *quand même!!!*

Ne seront point remplis! l'effort de vos mains prêtes
A crever sur nos fronts les outres des tempêtes ;
A saper les piliers d'un sacré monument,
Dont la ruine peut couvrir le sol de sang,
N'empêcheront jamais que des plumes sincères
Ne viennent dévoiler vos projets téméraires,
Et prévenir, à temps, le peuple du dessein
Que vous avez formé de lui percer le sein.

« Dieu puissant! quel Français, en pensant à l'*infâme*,
» Retiendrait le courroux qui s'élève en son âme,
» N'en frapperait les airs, aux fins de te prier
» D'écraser de ta foudre un ministère altier,
» D'en délivrer la France éperdue et soumise ;
» Mais ne supportant pas que plus longtemps l'église,
» Non contente des droits qui lui sont dévolus,
» La divise en deux camps de *réprouvés, d'élus* » (1)!

---

(1) Le parti-prêtre proposait d'établir des catégories d'individus, et, pour obtenir une place, il fallait apporter des billets de confession au grand distributeur d'emplois (la Congrégation).

Nul n'ignore que c'est dans ce but fanatique,
Que vous faites parler de puissance publique,
Comme s'il en était d'autre au-dessus du Roi,
Et de pouvoirs que ceux reconnus par la loi.

Sommes-nous donc venus au point où la patrie
Ne doit se voir ailleurs que dans la sacristie;
Qu'il faille à nos drapeaux, en place de lauriers,
Nouer les chapelets des nouveaux cordeliers?

Ministres! répondez! des chemins qui vont rendre
A la honte, à l'honneur, lequel nous faut-il prendre?
Nous faut-il, de Mont-Rouge étrangement épris,
Arborer les guidons et quitter ceux des lys,
Et, par humilité, regarder la thiare
Comme arbitre du sort que le Ciel nous prépare!
Le trône est-il pour nous enfoui sous l'autel,
Et le sceptre en bourdon, moins sacré qu'un missel?

Répondez! et, sans plus user de baliverne,
Dites-nous si c'est Rome ou Charles qui gouverne;
S'il nous faut renoncer, expiant nos succès,
A l'amour de la gloire, au titre de Français,

Et, déchus pour toujours, aux preux du Saint-Office,
De tous nos droits acquis faire le sacrifice?

Vous aimez, dites-vous, la franchise et l'honneur,
Et la duplicité vous soulève le cœur ;
Vous voulez ramener le peuple à la morale,
Prévenir à jamais le trouble et le scandale,
Et c'est dans ce dessein que vous mettez au jour
Votre *sublime loi de justice et d'amour* (A).

Eh bien ! vous n'aurez pas de peine à nous répondre,
Et vous serez charmés de pouvoir nous confondre,
De nous montrer combien vous êtes gens d'honneur,
Et comme vous avez le mensonge en horreur ;
Que vous ne craignez pas, dans votre humeur traitable,
De jouer désormais les *cartes sur la table* (B).

———————————————

(A) Le ministre Peyronnet appelait ainsi son projet de loi,
présenté aux deux chambres.

(B) De Villèle, excellent ministre des finances, ne parlait que
de sa franchise, et de jouer cartes sur table.

Ce que l'Auteur avait prévu est arrivé.

Charles X, excité à se parjurer par les fainéants de l'émigration, a été chassé du trône.

Que cet exemple ne soit point perdu! et puisse la dynastie de LOUIS-PHILIPPE se ressouvenir toujours que c'est avec l'honneur que l'on doit conduire les Français, et non avec des escobarderies ministérielles et des lois à deux tranchants.

L'honneur a de l'écho en France.

FIN.

TABLE

DES MATIÈRES CONTENUES DANS CE VOLUME.

FIN DE LA TABLE.

ERRATA.

A l'Introduction, page 2, à la suite de la quatrième ligne « qu'exciter et calmer en même temps » : En physique, parce que pour attirer comme pour repousser un corps quelconque, solide ou non, il faut que la force d'attraction et de répulsion soit communiquée à ce corps attiré ou repoussé, à l'aide de la matière, sans solution de continuité. Or, le vide existant, aux dires des astronomes, dans les espaces planétaires, il est dès lors évident que l'attraction et la répulsion ne peuvent s'exercer sur aucune des planètes que le néant sépare, ce qui prouve la fausseté des anciens systèmes du monde.

Page 33, ligne 10e, *au lieu de* li indique, *lisez* il indique.
— 51, — 10e, *au lieu de* dans leur, *lisez* en leur.
— 51, — 19e, *au lieu de* dans sa, *lisez* en sa.
— 51, — 20e, *au lieu de* encore, *lisez* encor.
— 56, — 5e, *au lieu de* et, *lisez* est.
— 57, — 21e, *au lieu de* homogéité, *lisez* homogénéité.
— 60, — 2e, *au lieu de* dans sa, *lisez* en sa.
— 67, — 16e, *au lieu de* finales mais;), *lisez* finales; mais qu'elles.
— 137, — 9e, *au lieu de* les rapports, *lisez* d'après les rapports.
— 149, — 19e, *au lieu de* eut, *lisez* ait
— 156, — 19e, *au lieu de* que sept moins trois quarts près, *lisez* que soixante, plus huit heures astronomiques.
— 182, — 1re, *au lieu de* le soleil, la lune, *lisez* le soleil et la lune.
— 211, — 10e, *au lieu de* restera, *lisez* sera.
— 212, — 3e, *au lieu de* et de bon; *lisez* de bon ton, agréable, et.

LIBRAIRIE

DE PIÉTÉ ET D'ÉDUCATION,

DE GARNIER D'ANNONAY,

335, *Rue Saint - Honoré, Paris.*

※※※

LA CHAIRE CHRÉTIENNE au 19ᵉ siècle, ou Esquisses des Orateurs sacrés contemporains.

NOMS DES ORATEURS.

PREMIÈRE SÉRIE, ANNÉE 1842.

MM. les Abbés DE RAVIGNAN, COEUR, FAYET, DUPANLOUP, COMBALOT, LACORDAIRE, GUYON, BAUTAIN, DEPLACE, DUFÊTRE, LECOURTIER, DEGUERRY.

SECONDE SÉRIE, ANNÉE 1843.

MM. les Abbés DE GENOUDE, DE BONNECHOSE, COQUEREAU, MARQUET, CERTES, MARCELLIN, GRIVEL, BERTHAUT, LACARRIÈRE, NOBLET, CABANÈS, LAROQUE.

TROISIÈME SÉRIE, ANNÉE 1844.

MM. les Abbés DE DREUX-BRÉZÉ, VALGALIER, LEFÈVRE, BOUREL, JAMMES, DUQUESNE, DUMARSAN, CHAILLOT, HUMPHRI, MORISSET, VIDAL, RIGOLOT.

QUATRIÈME SÉRIE, ANNÉE 1845.

MM. les Abbés DASSANCE, MOREL, JUSTE, BOSSUET, CHESNARD, FRÈRE, VIDAL, GABRIEL, SALACROUX, BÉRAULT-DESBILLIERS, BRUYÈRE, DUCREUX.

ESSAI SUR L'EXISTENCE DE DIEU ET SUR L'EXISTENCE DE L'AME, par M. l'Abbé *Constantin de Pietri.* 1 vol. in-12. Prix, 2 fr. 50 c.

A VERSAILLES,

DE L'IMPRIMERIE DE KLEFER, PLACE D'ARMES, 17,
Maison des Gondoles.

Contraste insuffisant

NF Z 43-120-14

www.ingramcontent.com/pod-product-compliance
Lightning Source LLC
Chambersburg PA
CBHW070449030726
47503CB00004B/964